최후의 장소에
도착했다면,
9개의 문자를 찾아라!

늑대인간 마을에서 탈출

고고학자 해리 카샤사에게서 온 편지

갑자기 편지를 보내게 된 무례를 용서하십시오.

저는 평범한 고고학자이며 이름은 해리 카샤사라고 합니다. 당신을 알고 있는 친구의 소개로 이렇게 편지를 적고 있습니다.

저는 지금 포토루시 지방 북서쪽에 있는 우크메르 마을에 있습니다. 이 마을이 "천공의 외로운 섬"이라 불리고 있다는 것을 당신도 알고 계실 겁니다.

제가 이 국경 마을을 방문한 이유는 예전에 이 땅에 존재했던 무녀의 흔적을 연구하고 그 진위와 마을에 숨겨진 비밀을 규명하기 위해서였습니다.

하지만 저는 그곳에서 생각지 못하게도 무서운 무녀의 예언을 발견하고 말았습니다. 그것은 낮에는 인간의 모습으로 몸을 숨기고, 밤에는 공포스러운 늑대로 변신해서 마을 사람을 덮친다는 전설의 늑대인간이 나타난다는 예언이었습니다.

그리고 그 예언을 입증이라도 하듯, 저는 이 두 눈으로 보고 말았습니다. 어둑한 밤에 마을을 지켜보고 있는 늑대인간의 모습을 말입니다!

저는 마을 사람을 샅샅이 뒤졌습니다. 제가 늑대인간을 본 시간, 아무런 알리바이도 없었던 마을 사람은 16명입니다. 이 16명 중에 늑대인간이 있다는 사실은 틀림없지요. 용의자 리스트와 우크메르 마을의 지도를 동봉하겠습니다.

당신은 명탐정으로서 명성을 떨치고 있으니 부디 앞으로 일어날 끔찍한 사건을 미연에 막아주셨으면 합니다.

외람되지만 한 가지 충고 드리자면 상대방은 정체를 알 수 없는 난폭한 괴물이라는 점입니다. 상식선에서 이루어지는 수사는 전혀 통하지 않을 겁니다.

5월 10일부터 릴리스 거리에 당신의 숙소를 예약해 두었습니다. 당신 집에서 새벽에 출발하더라도 우크메르 마을에 도착하면 밤 늦은 시간이 될테니, 5월 11일 아침 10시에 레스토랑 "양들의 단잠"에서 만나도록 합시다.

해리 카샤사

Harry Cachaca

용의자 리스트

이름	NAME	성별
안나 칼바도스	Anna Calbados	여
셰리 럼	Cherie Rum	여
에드거 로제	Edgar Rose	남
엘시 라키아	Elsie Rakia	여
펠릭스 코른	Felix Korn	남
프리츠 키르쉬	Fritz Kirsch	남
제임스 메스카	James Mezca	남
자리 우조	Jarry Ouzo	남
마고 페리	Margo Perry	여
마리 크미스	Marie Kmis	여
미셸 피스코	Michelle Pisco	여
니모 그라파	Nemo Grappa	남
파스칼 아르마니	Pascal Armani	남
파타피 진	Pataphy Gin	남
폴린 아락	Pauline Arak	여
토마스 코냑	Thomas Cognac	남

연령	직업	MEMO
19	귀여운 찻집 종업원	
20	미모의 꽃집 종업원	
27	여행자	
64	도서관 사서	
24	레스토랑 세프	
61	시계탑 관리인	
38	수리 전문가	
47	박사	
43	호텔 여주인	
22	곡예사	
25	구둣가게 점원	
70	촌장	
26	가두 마차의 마부	
33	보석상	
32	애견가	
59	부호	

우크메르 마을 지도

당신은 오르비에에서 우크메르 마을로 향하는 마차 안에서 다시 한번 이 기묘한 편지를 읽고 있었다.

편지가 도착한 건 3일 전의 일이다.

편지를 사이드 테이블에 올려놓고 당신은 부드러운 소파에 몸을 묻는다. 양손가락 끝을 가슴 앞에서 모으고 천장을 바라보며 눈을 감는다. 이 고고학자는 늑대인간이라는 전설 상의 괴물이 존재한다고 진심으로 믿고 있는 것일까?

늑대인간.... 낮에는 인간의 모습을 하고, 밤에는 늑대의 탈을 쓰고 인간을 습격하는 전설의 괴물.

그리고 그 무대는 바로 천공의 외로운 섬, 우크메르 마을. 기원전 6세기경, 의문의 고대민족이 응회암 낭떠러지 위에 쌓았다는 작은 마을이다.

당신이 사는 곳에서 오르비에까지는 증기기관차가 다니지만 우크메르 마을은 그곳에서 마차를 타고 3시간이나 더 들어가야 한다. 고고학자가 편지에 쓴 것처럼 마을에 도착하면 밤이 될 거 같다.

퍽 정성 들여 쓴 장난 편지 같다는 생각도 들었지만, 어쩐지 신경 쓰인다.

사건은 아직 일어나지 않았다. 하지만 호기심과 심장 고동이 뒤섞인 감정을 억누를 수 없어 당신은 아침 일찍 기차에 몸을 실었다.

마차는 우크메르 다리 앞에서 멈췄다.

마을로 들어가는 길은 좁고 긴 흔들다리 밖에 없다. 당신은 마부에게 돈을 건네고 마차에서 내렸다.

말이 울음소리를 내고는 왔던 길을 되돌아갔다.

비가 내리기 시작한 탓에 당신은 서둘러 흔들다리를 건너기로 했다.

회중시계 바늘은 정확히 밤 9시를 가리키고 있다.

주변은 깜깜하고 먼 언덕에 있는 가스등불이 희미하게 보일 뿐이다. 골짜기는 보이지 않고 어둠 속에서 흔들리는 흔들다리는 마치 다른 세상으로 이어진 길처럼 느껴졌다.

갑자기 어디에 걸린 건지 손에 쥐고 있던 회중시계 체인이 끊어져 골짜기 밑으로 떨어졌다.

"불길한데.... 할 수 없군. 어서 가자."

흔들다리를 건너니 요새로 들어가는 입구 같은 좁은 문이 있다.

"여기가 우크메르 마을이군."

빗줄기는 더욱 거세졌다.

한밤의 릴리스 거리는 인기척이 없었고 숙소에 도착할 때까지 우크메르 다리 방향으로 가는 사람은 단 한 사람밖에 보지 못했다.

"릴리스 거리에 있는 숙소... 여기다!"

편지에 쓰인 숙소 주소는 금방 찾을 수 있었다.

황갈색 벽돌로 지어진 낡은 숙소. 현관에서는 곰팡이 냄새가 나고 왼쪽으로는 식당이 있는데 제대로 앉을 수 있는 의자는 하나도 없는 것 같았다.

그 편지가 장난인지 어떤지 반신반의인 상태이지만 당신은 외투에 묻은 물방울을 털면서 프런트에 있는 여성에게 자신의 이름을 말한다.

"긴 여행길에 수고하셨네요. 이쪽으로 오세요."

여성이 안내한 방에는 허름한 침대와 옷장, 그리고 나무로 만든 작은 책상이 놓여있을 뿐이었다.

긴 여행에 지친 당신은 외투와 모자를 폴 행거에 걸고는 침대에 쓰러져 그대로 잠이 들었다.

목차 Contents

💀 고고학자 해리 카샤사에게서 온 편지 —————— 2

💀 용의자 리스트 —————————————— 4

💀 무크메르 마을 지도 ————————————— 6

💀 프롤로그 ————————————————— 8

💀 게임에 필요한 것 ————————————— 12

💀 규칙 설명 ———————————————— 13

💀 등장인물 프로필 ————————————— 16

💀 특설 Website 접속 방법 ———————————— 32

💀 게임 내용 (01 ~ 429) ————————————— 33

게임북에 대해서

무크메르 마을에 오신 것을 환영합니다.

당신은 수많은 사건을 해결한 명탐정.

고고학자 해리 카샤사의 의뢰로 이상한 사건의 의문을 풀기 위해 이 마을에 오셨습니다.

당신이 가장 먼저 해야 할 일은 신문기사와 지도를 참고해서 이곳저곳을 돌아보고, 여러 사람을 만나고 이야기를 들으며 단서를 모으는 것입니다. 그 단서를 통해 마을 사람을 습격하려는 늑대인간의 정체를 밝힐 수 있을 테니까요.

16명의 용의자 중에서 늑대인간이 누구인지 밝혀내는 것이 당신의 최종 목표입니다.

수사를 진행하는 과정에서 퍼즐을 풀어야만 지나갈 수 있는 장소도 있습니다. 그리고 도중에 당신이 늑대인간에게 해를 입을지도 모릅니다. 힘든 과정이 많겠지만 모든 장소를 탐색하고 모든 정보를 음미하며 주의 깊게 수사를 진행하길 바랍니다.

건투를 빕니다!

캐릭터를 구분하자

본 게임북의 스토리는 〈늑대인간〉이라는 파티 게임을 바탕으로 만들었습니다. 늑대인간 게임에서는 플레이어가 다양한 캐릭터가 되어 자신의 정체를 들키지 않도록 사람들 사이에서 이간질합니다. 이 책에서도 오른쪽에 소개하는 캐릭터들이 등장합니다. 맨 처음에는 각 등장인물이 어떤 캐릭터인지 알 수 없습니다. 각 등장인물이 어떤 캐릭터인지 밝혀내면서 게임을 진행합시다(한 인물이 두 가지 캐릭터가 될 수는 없습니다).

낮에는 사람의 모습을 하고 있지만 밤이 되면 늑대가 되어 마을 사람을 습격한다.

늑대인간

사람을 습격하지는 않지만 사람의 물건을 훔치는 버릇이 있다.

괴도

하루에 한 사람, 마을 사람을 점칠 수 있으며 그 사람이 평범한 인간인지 늑대인간인지 알 수 있다.

무녀

무녀의 행세를 하며 엉뚱한 점을 친다.

미치광이

게임에 필요한 것

본 게임북을 진행하려면 다음 물건이 필요합니다. 우선 게임을 시작하기 전에 본 게임북의 구성품을 확인하세요. 하나라도 빠진 것이 있다면 게임을 진행할 수 없으니, 잃어버리지 않도록 주의하세요.

본 게임북의 구성품

책갈피
게임북 뒤 투명한 봉투에 들어 있습니다.

게임북
이 책입니다.

수사 시트 5일분
(뒷면은 신문)
게임북 뒤 투명한 봉투에 들어 있습니다. 지시가 있을 때까지 열지 않는 게 좋습니다.

우크메르 마을 지도
(뒷면은 용의자 리스트)
게임북 뒤 투명한 봉투에 들어 있습니다.

준비물

1 **필기도구**
수사 시트에 내용을 적기 위한 도구.
연필처럼 지울 수 있는 필기도구가 있으면 더욱 좋습니다.

2 **계산기**
간단한 숫자 계산을 해야 합니다. 미리 준비해두면 편리합니다.

3 **메모지**
퍼즐을 풀거나 정보를 정리하기 위해서, 책과 수사 시트와 별도로 메모지를 준비하면 좋습니다.

규칙 설명

늑대인간 마을의 의문을 모두 풀기 위해서는 몇 가지 규칙이 있으니 게임을 시작하기 전에 꼼꼼히 읽어보기 바랍니다.

게임 진행법

게임북이란 본문에 있는 선택지를 골라가면서 게임을 진행하는 책을 말합니다. 번호가 매겨진 "단락"의 문장을 읽은 후에 선택지를 고르고 지정된 번호의 단락으로 이동합니다. 이런 방법을 반복하면서 이야기를 진행해 주세요. 단락을 찾을 때는 오른쪽 페이지의 바깥쪽에 표시된 탭을 보면 편리합니다.

> **예** 오른쪽 길로 간다 → 40으로
> ······ 40번 단락으로 이동한다.

이 책 앞부분에 있는 편지(2 페이지)와 프롤로그(8 페이지)를 읽은 다음, 01번 단락(33 페이지)부터 게임을 시작합니다.

이전 단락으로 돌아가고 싶을 때는

각 단락 번호 끝에는 ↩ 마크가 표시되어 있습니다. 이전 단락으로 돌아가고 싶을 때는 ↩ 마크 뒤에 적힌 숫자를 보고 번호를 찾아 이동합니다. 선택지가 많은 단락에서는 부록으로 포함된 책갈피를 활용해 다시 돌아올 페이지를 표시해 둡니다.

> **예** ↩ 90
> ······ 직전 단락은 90번 (다시 돌아갈 때 이용)

신문과 지도를 이용한다

본 게임북은 수사 시트와 함께 신문(수사 시트의 뒷면)과 지도를 이용할 수 있습니다.
5일 동안 매일 조간 신문을 읽으면서 사건과 관련이 있을 것 같은 장소를 방문해 주세요. 지도에는 장소명과 번지 수가 적혀 있으니, 해당 장소에 가고 싶을 때는 번지 수에 해당하는 단락으로 이동하면 됩니다.

> **예** 우크메르 도서관(30)으로 가고 싶을 때
> ······ 30번 단락으로 이동한다.

우크메르 도서관
30

또한, 2일차 이후에는 지도상의 번지가 바뀝니다. 그 날의 지시에 따라 주세요.

수사 시트

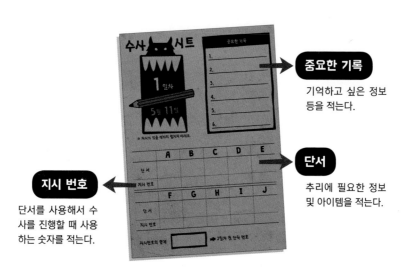

중요한 기록

기억하고 싶은 정보
등을 적는다.

단서

추리에 필요한 정보
및 아이템을 적는다.

지시 번호

단서를 사용해서 수
사를 진행할 때 사용
하는 숫자를 적는다.

수사 시트 이용

본 게임북에서는 수사를 하다가 얻은 정보를 적어두는 "수사 시트"를 제공합니다. 이야기의 흐름을 따라 수사를 진행하다 보면 "단서"와 "지시 번호", "중요한 기록" 등을 손에 넣을 수 있습니다. 이를 수사 시트에 기록해서 수사할 때 활용합니다.

단서 사용법

단락 끝에 있는 선택지에 "단서 ●에 관해서 수사한다"라고 적혀 있으면 그에 해당하는 지시 번호를 해당 단락 번호와 더한 숫자에 해당하는 단락으로 이동합니다.

> **예**
> 단서 A에 관해서 수사한다 → 50 + 지시번호 A
> ······ 지시번호 A=20이라고 가정하면, 50 + 20 = 70번 단락으로 이동한다.

예외적으로 여러 개의 단서를 동시에 수사하는 경우도 있으며, 그때마다 지시에 따르면 됩니다.
단서 및 수수께끼에 관한 힌트를 찾지 못해 다음으로 진행할 수 없는 경우는 그 단락의 번호를 메모해 두고
다른 장소를 수사한 다음 해당 단락으로 돌아오면 편리합니다.

5일분의 수사 시트

이 이야기는 5월 11일~5월 15일까지 닷새 동안 펼쳐지며 매일 다른 수사 시트를 사용합니다. 우선 1일차 수사 시트를 펼치고 게임을 시작하세요. 지시가 있을 때까지 다른 수사 시트는 덮어두기를 권장합니다.
또한, 수사 시트의 "지시 번호"를 모두 채우면 다음 날로 이동할 수 있습니다. 그날마다 지시 번호를 모두 더한 숫자가 다음 날 가장 먼저 읽을 단락 번호가 됩니다.

예	첫째 날에 기입한 지시번호10개의 합계가 386이다. …… 둘째 날 처음 시작할 단락 번호는 386번

퍼즐 · 수수께끼에 대해서

본 게임북에서는 수사를 진행하는 과정에서 퍼즐 및 수수께끼를 풀지 못하면 지나갈 수 없는 곳이 있습니다. 난이도가 높은 수수께끼도 있으니 구석구석 수사하여 두뇌를 최대한 사용해야 합니다. 오랜 시간 생각해도 풀지 못하는 경우는 다른 날 다시 보면 문득 아이디어가 떠오를지도 모른답니다.

게임을 클리어하는 방법

이야기의 엔딩은 어디에도 기록되어 있지 않습니다. 모든 수사가 종료되고 늑대인간을 찾으면 특설 웹사이트에 접속해 주세요(32 페이지 참조). 당신의 추리가 맞는다면 엔딩 스토리를 읽을 수 있습니다.

www.icoxpublish.com/dgamebook/01

Anna Calbados
안나 칼바도스

성별 여자　연령 19　직업 귀여운 찻집 종업원

페리톤 거리에 있는 찻집 '뿔피리'에서 일하는 귀여운 여성. 싹싹하고 애교가 많아 마을에서 제일가는 미녀라 칭송 받는다. 요리도 잘하며 특히 디저트 만드는 실력은 프로에게도 지지 않는다.

Cherie Rum
셰리 럼

 성별 **여자** 연령 **20** 직업 **미모의 꽃집 종업원**

꽃집 포피에서 일하는 미모의 여성으로 조용하며 소극적인 성격. 언행이 부드럽고 아름다운 미소 덕분에 남녀노소 모두에게 사랑 받는다. 신앙심이 깊어 쉬는 날에는 교회에서 그녀를 만날 수 있다.

Edgar Rose
에드거 로제

성별 남자　연령 27　직업 여행자

여행 도중에 우크메르 마을에 들러 5월 4일부터 호텔 '고양이와 부엉이'
2층에 투숙하고 있다. 소박하고 꾸밈없는 청년이지만 어딘지 모르게 쓸쓸해
보이는 인상이다.

Elsie Rakia
엘시 라키아

성별 여자 　 **연령** 64 　 **직업** 도서관 사서

마을에 있는 도서관을 관리하는 여성. 이야기를 나누어 보면 소녀처럼 천진 난만한 성격인 걸 알 수 있지만 도서 대여기간에 대해서는 엄격하다. 고문서 및 마을 역사를 잘 알고 있다.

Felix Korn
펠릭스 코른

섬별 남자　연령 24　직업 레스토랑 셰프

창업 150년 이상의 역사를 가진 레스토랑 '양들의 단잠'에서 차기 요리장이
라고 소문난 젊은 셰프. 예의 바르고 친절하다. 그가 만드는 감자떡은 아주
일품이다.

Fritz Kirsch
프리츠 키르쉬

성별 남자 연령 61 직업 시계탑 관리인

다라니 시계탑을 40년 이상 관리하고 있는 과묵하고 고집 센 장인. 일에 타
협하지 않는 성격으로 마을 사람에게 신뢰를 받고 있지만 사람을 다소 싫어
하는 면이 있다.

James Mezca
제임스 메스카

성별 남자 **연령** 38 **직업** 수리 전문가

아내인 유마와 노커 거리에서 수리점을 운영하고 있는 남성. "고칠 수 없는 건 없다"고 호언장담하는 만큼 수리 실력은 확실하다. 우두머리 기질이 있고 인정이 넘쳐 마을 청년단의 리더와 같은 존재이다.

Jarry Ouzo
자리 우조

성별 남자　연령 47　직업 박사

독특한 인물로 신기한 발명과 연구에 몰두한 박사. 연구소에 틀어 박혀있어서 밖에서 마주치는 일은 잘 없지만 가끔 광장에서 신기한 실험을 하기도 한다. 허약해 보이는 인상이다.

Margo Perry
마고 페리

성별 여자　연령 43　직업 호텔 여주인

릴리스 거리에 있는 작은 호텔 '고양이와 부엉이'를 혼자서 운영하는 여주인으로, 남을 잘 돕고 듬직한 성격이다. 밝고 긍정적이어서 가이드북에는 "그녀의 호텔을 방문하면 반드시 좋은 기운을 얻을 수 있다"라고 좋은 평가가 남아있다.

Marie Kmis
마리 크미스

성별 여자 연령 22 직업 곡예사

'오딜롱 서커스단'의 여성 곡예사. 포토루시 지방을 순회하던 중이었으나 서커스단을 이탈해서 5월 3일부터 '고양이와 부엉이' 1층에 숙박하며 우크메르 마을을 관광하고 있다. 호기심 왕성한 행동파.

Michelle Pisco
미셸 피스코

성별 여자　연령 25　직업 구둣가게 점원

구둣가게 '핑크 구름'에서 일하는 점원으로 나른하고 권태로운 성격. 대부분은 구둣가게에 있지만 찻집 '뿔피리'에서 차를 마시거나, 메르그 호수 부근을 산책하는 것이 취미이다.

Nemo Grappa
니모 그라파

성별 남자 **연령** 70 **직업** 촌장

신념이 굳고 주관이 뚜렷한 마을 촌장. 오랫동안 촌장을 맡고 있지만 잘난 체
하지 않아 마을 사람들에게 추앙 받고 있다. 최근에는 4년에 한 번씩 열리는
우크메르 마을 미스 콘테스트 준비로 바쁘게 지낸다.

Pascal Armani
파스칼 아르마니

성별 남자 · 연령 26 · 직업 가두 마차의 마부

마을 내를 달리는 가두 마차의 마부. 두뇌가 명석한 편은 아니지만 성실하고 상냥한 청년. 말고삐를 다루는 솜씨는 가두 마차 협회에서 최고이며 그의 마차가 사고를 일으키거나 늦는 일은 거의 본 적 없다고 평판이 자자하다.

Pataphy Gin
파타피 진

성별 남자 연령 33 직업 보석상

마을에서 벗어난 피스핸드 거리에서 작은 보석상을 운영하는 남성. 보석을
감정하는 실력은 확실한 듯하지만, 까다롭고 무뚝뚝해서 사람을 얕보는 듯
한 성격이므로 주의가 필요하다.

Pauline Arak
폴린 아락

성별 여자　연령 32　직업 애견가

바게스트 거리에 있는 집에서 3마리의 강아지와 살고 있는 수다스러운 여성. 마을에서 마주치면 대개 강아지와 산책을 하고 있다. 직업이 있는 것 같지는 않지만 차림새가 화려하고 치장을 자주 하기 때문에 생활이 궁핍한 것 같지는 않다.

Thomas Cognac
토마스 코냑

성별 남자 **연령** 59 **직업** 부호

교회와 도서관에 거액을 기부한 마을의 명사. 진귀한 보석과 새의 박제를 수
집하는 것을 자랑스럽게 여긴다. 군인 출신으로 다소 세상 물정에 어두운 면
이 있고 성질이 급하지만 시원시원하고 청렴한 성격이다.

늑대인간 마을에서 탈출

특설 Website 접속 방법

모든 수사가 종료되고 늑대 인간을 찾으면 특설 Website에 접속해 주세요.

www.icoxpublish.com/dgamebook/01

1 www.icoxpublish.com/dgamebook/01
에 접속합니다(PC, 스마트폰).

2 "늑대 인간을 찾았다면 여기를 클릭!"을
클릭합니다.

3 5일차(5월 15일) 수사 시트에 기입한
지시번호의 총합계를 입력합니다.

4 총합계가 맞은 경우 화면에 나오는 지시에 따라 최종 문제를 해결합니다.

5 정답인 경우 게임 클리어!! 엔딩 스토리를 읽을 수 있습니다.

주 의

· 스포일러는 타인의 즐거움을 빼앗기 때문에 절대로 해서는 안 되는 행위입니다.
· 스포일러 및 공략법에 대해서 블로그 및 Twitter, Facebook 등 인터넷 상에 올리지 말아 주세요.
· 출판사에서는 수수께끼의 해답과 공략법에 대한 질문에는 답변하지 않습니다.

늑대인간 마을에서 탈출

5월 11일

부드러운 아침 햇살이 커튼 사이로 비친다. 이따금 불어오는 바람에 살랑거리는 햇살이 당신의 잠을 깨웠다. 당신은 하품을 하며 북쪽 창문을 열었다. 비는 그쳤고 봄날의 푸른 하늘이 펼쳐져 있다.

숙소 앞 거리에는 지나가는 사람들이 많았다. 마을 서쪽에는 완만한 시내가 흐르고 나지막한 언덕과 교회 지붕이 보였다. 아침 7시를 알리는 종소리가 멀리 시계탑에서 들려왔다.

"이곳은 정말 아름다운 곳이군."

심호흡을 하니 몸 안으로 바람이 훑고 지나가는 느낌이 들었다.

"그나저나…, 잠을 깨려면 커피를 좀 마셔야겠는데…."

당신은 방을 나와 프런트에서 커피를 한 잔 주문한 후 로비에 있는 의자에 앉았다. 그리고 탁자 위에 놓인 마을 신문을 손에 들었다.

【1일차 수사 시트를 펴고 뒷면에 있는 신문을 읽은 후 수사를 시작한다. 신문을 모두 읽었다면, 지도에서 원하는 지역의 번지수에 해당하는 단락으로 이동한다.】

 ↪ 167

당신은 몸을 숙여 문을 통과해 시계탑으로 들어갔다. 관리인 실에는 프리츠가 어제와 똑같은 모습으로 신문을 읽고 있다.

"프리츠 씨, 안녕하세요!"

"뭐야, 또 당신이야? 한가한 사람이구만!"

➡ 시계탑에 관해서 묻는다. → 385로

➡ 태엽 인형에 관해서 묻는다. → 210으로

➡ 석판이 있는 곳에 관해서 묻는다. → 242로

03 ↩ 19

"**세** 번의 윙크를…. 무슨 뜻이지? 살해된 해리 카샤사는 이 그림을 보면서 각성이니 뭐니 한 모양인데…. 게다가 이 두 명의 무녀는 또 뭘까? 무녀는 한 명일 텐데…?"

【단서 C에 '세 번의 윙크', 지시 번호 C에 3이라고 기입】

04 ↩ 173

"**손**뼉을 네 번 쳐라…. 도대체 무슨 뜻일까?"

【단서 B에 '손뼉을 네 번 친다', 지시 번호 B에 4라고 기입】

05 ↩ 202

"**내**가 무녀의 후손이라니! 지금껏 생각지도 못한 얘기네요. 제가 무녀에 대해 아는 것이라고는 15세기에 마녀사냥으로 처형되었다는 것뿐이에요."

06 ↩ 189

간신히 기억해 내 모든 돌을 제자리에 놓았더니, 거인이 위풍당당하게 빛나 보였다.

"이제 공작은 제자리로 돌아간 거야!"

【단서 q에 '올바른 순서', 지시 번호 q에 6이라고 기입】

07 ↩ 357

"**폴**린이 A라는 글씨 배지를 달고 왔었는데, 그게 그녀의 이니셜일까요?"

"A라는 글씨 배지…? 그러고 보니 그저께 폴린이 가게에 왔을 때 그 배지를 달고 있었어요. 같이 있던 야윈 남자도 똑같은 배지를 달고 있었어요."

08 ↪ 324

"**셰**리 씨, 무슨 생각을 하고 계세요?"

말을 걸자 그제야 정신이 든 듯 인사했다.

"아! 안녕하세요. 미안해요. 오신지도 몰랐네요…. 실은 우리 집이 코냑 씨 댁 근처인데, 오늘 신문의 기사에 났던, 어젯밤 총소리를 저도 들었거든요. 요즘은 마을이 뒤숭숭하니 너무 무섭고…, 심란해요. 오늘은 근무 중이라 교회에 못 가지만, 신부님의 설교를 듣고 싶었는데…. 파타피 씨는 가셨을까요?"

"그러고 보니 셰리 씨 어지간히 피곤해 보여요. 기분전환이라도 하는 게 좋겠어요."

"그게 좋을 거 같아요. 오늘은 오랜만에 느긋하게 천체관측이나 해볼까…."

"으음. 하지만 밤에 외출하면 위험해요."

➜ 점괘 결과에 관해서 묻는다. → 312로

09 ↪ 345

"**몸**은 괜찮으세요?"

"어제부터 마차를 운행할 때 뭔가 석연치 않아요. 시간 감각이 어긋나 버린 느낌이랄까…."

10 ↪ 86

뚜렷하게 떠오르는 글자를 보고 당신은 확신했다.

"같은 별자리…? 그거야! 무녀의 혈통이 능력을 발휘할 수 있는 건 대대로 똑같은 별자리에 태어난 사람만 가능해. 중세 무녀의 별자리를 알아내면 셰리와 안나 중 누가 진짜 후손인지 알 수 있겠군!"

【단서 w에 '무녀의 별자리', 지시 번호 w에 10이라고 기입】

11 ↪ 102

예배당은 텅 비어 아무도 없었다. 바깥소리도 전혀 들리지 않고, 당신의 발소리만 크게 울렸다. 어제와 달라진 부분도 없어 보인다.

연구소 안은 미로처럼 복잡한 구조였다. 박사는 앞에서 종종거리며 걷는다. 박사는 램프 두 개만 켜진 어둑한 거실로 당신을 안내하고는 가죽 소파에 앉으라고 권했다.

맞은편 흔들의자에 앉은 박사는 두 손바닥을 꼼지락거리며 비벼댔다.

"그래, 사건에 관해서 뭘 물어보려는 겁니까?"

"네, 최근에 뭔가 평소와 달랐던 점은 없었나요?"

"글쎄요…. 좀 달랐던 일이라…? 달랐던 일이…….."

박사는 엄지와 검지로 미간을 쥔 채 눈을 감고서는 필사적으로 뭔가를 생각하려는 듯했다.

"생각나는 게 없다면 너무 깊이 고민할 것까지는 없습니다."

"그래요? 허, 유감스럽게도…, 특별히 달라진 건 없습니다. 도움이 못 되어 미안합니다. 죄송하네요. 헤헤헤."

➡ 연구에 관해서 묻는다. → 138로

➡ 연구소를 나온다. → 217로

➡ 단서 D에 관해서 수사한다. → 12 + 지시 번호 D

"밤, 달의 언덕…. 13은 불길한 숫자다. 이 평화로운 마을에 초대되지 않은 손님이라면 군인을 뜻한다. 어쨌든 오늘 밤 달의 언덕으로 가봐야겠군. "

"왠지 수상쩍은 느낌이 드는데. 조심하라고…."

촌장은 걱정스러운 표정으로 말했다.

"그럴게요. 걱정 마세요."

"아 그래 맞아. 깜빡했네. 자네에게 '공작'을 맡긴다고 약속했었지?"

촌장은 금고에서 공작을 꺼내서 당신에게 건네었다.

"아뇨, 저는 탐정으로서 당연한 일을 한 겁니다."

"약속은 약속이네! 자네의 용감한 행동에 대한 보답일세! 핫핫핫!"

"이거 참…. 그럼 일단 제가 맡아두겠습니다."

【단서 W에 '밤, 달의 언덕', 지시 번호 W에 13이라고 기입】

14 ↪ 384

당신 앞에 신기루처럼 무녀의 무덤이 나타났다.

"이것이 무녀의 무덤…!"

묘비명은 깨져버린 부분도 있어서 이름을 알아볼 수는 없지만 생년월일과 사망년월일은 읽을 수 있었다.

> 1437년 1월 14일 탄생   1481년 9월 1일 사망

이 묘비를 보면 무녀는 44살에 사망했다. 그리고 묘비 뒤쪽에는 군데군데 돌이 깨져서 읽을 수 없지만, 이렇게 새겨져 있다.

> 언젠가○ 세상○ 나타○ 사○한 늑대의 ○○○을 석판○ 새긴다.
> 책과 시계탑에 석판의 위치를 기록

"늑대…!"

해리 카샤사의 편지는 역시 사실이었다. 무녀는 늑대인간의 출현을 예언한 것이다.

"무녀는 후세에 나타날 늑대인간의 정체를 간파하고, 그 특징을 석판에 새긴 거야…. 이 석판을 찾아내면 늑대인간의 정체를 알 수 있어…! 책과 시계탑에 석판이 있는 위치를 기록했다…?"

【중요한 기록란 10에 '무녀는 늑대인간의 특징을 석판에 기록했다'라고 기입】

【중요한 기록란 11에 '고문서와 시계탑에 석판의 위치에 관한 비밀이 숨어 있다'라고 기입】

15 ↪ 248

불의 요정은 도마뱀 모습을 한 요정이며 불꽃 속에서만 살 수 있다. 들불이나 고온의 화롯불 속에서 나타나 입에서 불꽃을 내뿜는다. 포토루시 지방에서는 냐마 산맥의 산불 사고 때 목격된 적이 있다.

16 ↪ 264

"**요**정, 이리 나와." 요정은 목소리를 기억하는지 금세 나타났다.

"월귤 주는 거야?"

"미안해. 오늘은 월귤이 없어."

"다른 것도 없어?"

➡ 단서 k에 관해서 수사한다. → 16 + 지시 번호 k

17 ↪ 209

"**이** 구두···. 미셸의 구둣가게에서 만들었네요. 여기를 보세요."

폴린은 손가락으로 구두 깔창을 가리켰다. 닳아서 옅어졌지만 정말 분홍색 구름 로고가 보인다.

"정말 그렇군···. 미셸에게 보여주면 누구 건지 알아낼 수 있겠어."

"네가 해낸 거야. 하티!"

폴린은 하티의 머리를 쓰다듬었다.

"탐정님, 정말 고마워요! 어떻게 인사를 해야 할지···."

➡ 단서 M에 관해서 수사한다. → 17 + 지시 번호 M

18 ↪ 296

의미를 파악하기 위해 다시 한번 소리내어 읽어보았다.

"꽃의 진짜 뜻을 알 때···, 바람이 신전으로 이끈다···? 무슨 뜻일까? 꽃이라는 건 괴도가 보낸 모과 꽃을 말하는 건가?"

【단서 h에 '꽃과 바람', 지시 번호 h에 18이라고 기입】

【중요한 기록란 22에 '꽃의 진짜 뜻을 알 때, 바람이 신전으로 이끈다'라고 기입】

19 ↪ 228

당신은 벽에 걸린 그림을 바라보았다. (다음 페이지 참조)

두 사람의 무녀가 벼랑 위에 서서, 어딘가 저 멀리 손가락으로 가리키고 있다. 점괘에 대해 이야기하는 중인지도 모른다.

"무녀가 왜 두 사람이지?"

【퍼즐을 풀어서 나타나는 문장에 포함되어 있는 숫자 단락으로】

"**미**셀 씨, 안녕하세요? 오늘은 인기인이시네요?"

"이제는 지쳤다니까요…. 휴~"

"모두 같은 걸 물어봤겠지만, 어쩌다 요정과 만나게 된 겁니까?"

"또 그 얘기를 해야 하나요…? 정말…."

미셸은 평소보다 더 나른하게 요정과 만나게 된 경위를 얘기했다. 미셸은 찻집 뽈피리에서 월귤 차를 마신 후 메르그 호수를 산책하고 있던 중에 난데없이 바람이 불었고, 순간 정신을 차리고 보니 바로 눈앞에 요정이 있었다고 한다.

➡ 단서 Y에 관해서 수사한다. → 20 + 지시 번호 Y

당신은 한동안 예고장을 살펴보다가 각 도형의 반을 가리면 21이라는 숫자가 된다는 것을 발견했다.

"알았다…. 이 괴도 녀석, 오늘 밤 꼭 잡고 말겠어!"

"뭐라고?"

"촌장님, 금고는 그대로 본부에 두세요. 제가 괴도를 잡을 테니까요."

"그야 어려울 거 없지만…. 정말 잡을 수 있겠나?"

"믿어보세요. 괴도는 이 예고장대로 공작을 가로채려고 나타날 겁니다. 괴도 88은 그런 놈입니다."

"좋아! 든든하구먼! 만약 괴도로부터 공작을 지켜낸다면 자네에게 1년 동안 공작을 맡기도록 하지!"

"예? 아니 저는…."

"괜찮아, 올해 미스 콘테스트는 어차피 중지됐지 않은가. 창고에 내버려 둬 봤자 쓸모도 없다네. 맡아주게!"

"알겠습니다. 반드시 공작을 지키겠습니다!"

(오늘 밤 21시…. 각오해라! 괴도. 그렇지만 녀석은 교활한 놈이야. 잡으려면 내 편이 필요해.)

【단서 M에 '괴도의 예고', 지시 번호 M에 21이라고 기입】

22 ↪ 240

"**이**제 알았어! 신문에 일출이 4시라고 했으니까…, 오늘 밤 달이 가장 높이 뜨는 시각은 22시 정각이야!"

【단서 s에 '일몰 시각', 지시 번호 s에 19라고 기입】

【단서 t에 '달이 가장 높이 뜨는 시각', 지시 번호 t에 22라고 기입】

23 ↪ 36

"**이**십삼시 시계탑…, 23시 시계탑…! 기다려라, 괴도88! 결투다!"

당신은 요정에게 잼 병을 건넨 후, 메르그 호수를 재빨리 떠났다.

【단서 c에 '괴도와의 결투', 지시 번호 c에 23이라고 기입】

24 ↪ 400

당신은 보물창고로 향했다. 해는 완전히 넘어갔고 신전은 달빛에 비쳐 건물 전체가 푸르스름하게 빛나 보였다.

보물창고로 들어가는 문은 단단히 잠겨 있다. 문 위의 벽면에는 거대한 조각이 있는데, 귀가 뾰족한 상상 속의 동물이 날개를 접고 허공을 응시하고 있다.

"이건…, 그 요정과 닮았군…."

문득 꺼림칙한 느낌이 들어 뒤를 돌아보았다. 아치형 문 뒤에 누군가가 있다.

"… 누구야? 거기 숨어있는 자는…?"

당신 목소리에 답하듯 그림자가 느릿느릿 모습을 나타냈다.

→ 47로

25

도서관에 들어서자 엘시가 반색을 하며 달려온다. 어지간히 흥분한 거 같았다.

"탐정님! 해 줄 얘기가 있어!"

"네! 무슨 일 있습니까?"

"뭐냐면 말이지. 옛날 우크메르 마을에 살던, 민화 수집가 형제가 남겨놓은 원고가 뿔뿔이 흩어져 있었는데, 어제 드디어 정리를 끝냈지 뭐야!"

"그것 참 잘 됐네요."

"마을에 전해지던 민화나 고전이 담긴 원고인데, 단편 이야기가 모두 200개나 되거든! 그 형제가 메르그 호수 근처에 살았었기 때문에 『메르그 동화』라는 이름이 붙었어."

➡ 메르그 동화를 빌린다. → 246으로

---

26 ↪ 214

촌장과 함께 보물창고를 나서자마자 서둘러 기단에 줄지어 서있는 기둥으로 향했다. 언제 다시 늑대인간이 습격해올지 모른다. 숲에서 눈을 떴을 때부터 몰려오던 피로감은 한계에 달해 있었지만, 당신은 마지막 사력을 다해 기둥을 밀어낸 뒤 오래된 지하도로 들어갔다.

➡ 지하도를 통해 마을로 돌아온다. → 79로

27

엘시는 데스크에서 졸고 있다. 당신의 발소리를 듣고 깨더니 안경을 고쳐 쓰고는 책상 위에 놓여 있던 신문을 펼쳐들고 계속 깨어 있는 척 했다.

➡ 신문 기사에 관해서 묻는다. → 232로
➡ 모른 척하고 열람실로 간다. → 215로
➡ 고문서를 빌린다. → 41로

---

28 ↪ 213

당신이 바야드 거리에 있는 어느 집 문을 노크하자 어딘지 모르게 노파와 닮은 젊은 여성이 나왔다.

"세상에! 할머니~!"

"이 젊은이가 말이야, 여기까지 데려다줬어!"

"어머나, 이를 어째! 고맙습니다. 할머니, 오실 거면 미리 말해주지 그랬어요, 모시러 갔을 텐데…."

"노인네 취급은 그만하고… 아 그렇지, 젊은이. 이거 받으시게!"

노파는 가방 안에서 뭔가를 꺼내 당신에게 내밀었다. 그것은 하얀 부적이었다.

"보답으로 이걸 가져가게. 28년 전에 세상 뜬 영감의 유품일세."

"그렇게 소중한 걸…." 당신은 거절하려 했지만, 노파는 억지로 부적을 당신에게 쥐여 주고는 손녀와 뭔가 중얼중얼 얘기를 나누며 집으로 들어가 버렸다.

【단서 j에 '부적', 지시 번호 j에 28이라고 기입】

29 ↪ 321

당신은 5라트 동전을 눈 앞에 들고 산의 능선을 따라 움직여 보았다. 그러자 놀랍게도 동전 구멍 사이로 보이는 벽에 글자가 차례차례 나타나기 시작했다.

"달이 가장 높이 뜰 때… 새는 언덕에 내려 앉는다…. 무슨 뜻이지? 달이 가장 높이 뜨는 시간이 언제지? 내가 달에 대해 아는 건 29일 주기라는 정도뿐인데…. 별이나 천문에 대해 잘 아는 사람이 누가 있더라…?"

【단서 r에 '달과 새', 지시 번호 r에 29라고 기입】

【중요한 기록란 29에 '달이 가장 높이 뜰 때, 새는 언덕에 내려 앉는다'라고 기입】

30

다음 살펴볼 장소는 도서관. 도서관 앞쪽은 조용한 숲이고 뒤쪽은 빌 강이 완만하게 흘러, 차분히 책을 읽을 수 있다.

도서관 데스크에 앉아있는 여성은 사서인 엘시 라키아(19 페이지 참조)이다. 매부리코에 둥근 안경이 어울린다.

당신이 안내 데스크로 다가가자 엘시가 말을 걸었다.

"어머, 뭘 찾으시는지?"

➡ 엘시와 이야기를 나눈다. → 236으로

➡ 게시판을 본다. → 103으로

31

"**아**…, 암호가 뭔가요!"

당신은 보물창고 벽을 세차게 두드렸다.

여전히 반응이 없다. 몸으로 부딪쳐 봐도 바위로 부딪쳐 봐도 문은 열리지 않고, 이윽고 기진맥진해진 당신은 보물창고 앞에 주저앉고 말았다.

숲에서 눈을 떴을 때부터 몰려오던 이상한 피로감. 그리고 늑대인간의 습격. 심신은 이미 한계에 달했다. 참을 수 없는 졸음이 덮쳐온다.

하지만 더 이상 보물창고 안에 갇힌 사람을 걱정할 필요가 없다.

지금 어두운 숲속에서 2 개의 붉은 눈이 잠들어 가는 당신을 가만히 주시하고 있으니까.

GAME OVER

32

도서관에 들어갔는데 엘시가 이쪽으로 눈길도 주지 않는다.

데스크를 살펴보니 어쩐 일로 뜨개질에 몰두하고 있다.

"엘시 씨, 안녕하세요?"

"어머! 깜짝이야. 탐정님! 놀랐잖아."

"벌써 봄기운이 완연한데 뜨개질을 하고 계시네요!"

"왜냐하면, 미스 콘테스트가 취소되어서 심심하거든. 조용히 있어야 하는 곳이기도 하고…."

"뜨개질을 잘 하세요?"

"아니, 유마 씨에게 배웠어. 제임스의 부인. 그 분이 재봉이나 뜨개질을 잘 하지."

➜ 도서관에 관해서 묻는다. → 372로

➜ 단서 L에 관해서 수사한다. → 32 + 지시 번호 L

33 ↩ 96

"**수**염 변장…! 당신은…?"

"오~! 그 수수께끼를 푼 건가? 훌륭해…. 과연 그대는 대단해…. 이렇게 유쾌할 수가 있나!"

바람이 더 세차게 불었다. 괴도는 아무런 말도 하지 않았다.

… 뭔가 불길해.

똑같은 불길함을 괴도도 느꼈다.

23시 종이 울리지 않아….

이상한 낌새를 느낀 당신과 괴도는 동시에 종을 바라보았다.

파란 첨탑이 황금빛 달을 찌르고 있다.

종루에서 빛나는 새빨간 2개의 눈.

늑대인간이다.

→ 80으로

34

"**오**, 이제 곧 완성이네요. 목도리인가요? 누구에게 선물할 거예요?"

뜨개질을 계속하던 엘시는 "누구면 어때"하고 중얼거리면서 뺨을 붉게 물들였다.

➡ 옛날 신문을 읽는다. → 201로
➡ 고문서를 빌린다. → 296으로

35 ↩ 70

"**이**건… 얼마입니까?"

"40만 라트밖에 안 해!"

"…"

"너무 싸서 의심하는 건가? 내 눈은 정확하고 감정서도 있다고."

농담은 아닌 모양이다.

"사실 지금 가진 돈이 좀 부족해서요…. 다시 올게요."

"그래?"

요정은 반짝거리며 춤추기 시작했다.

"악마와 사탄을 제거하고, 모든 태양을 비로 바꾼 후 한 단 내려가 봐."

【오늘 신문에 끼어 있던 종이의 수수께끼(중요한 기록란 13)를 풀고 나타난 문장에 포함된 숫자에 해당하는 단락으로】

【중요한 기록란 15에 '악마와 사탄을 제거하고, 모든 태양을 비로 바꾼 후 한 단 내려가 봐.'라고 기입】.

어젯밤 고고학자 해리 카샤사가 살해당한 뒷골목. 당신은 그 사람이 쓰러져 있던 지점 바로 위에 서 있다. 해리가 발견된 건 어젯밤 11시 무렵이다.

➡ 주변을 조사한다. → 338로

➡ 단서 A에 관해서 수사한다. → 37 + 지시 번호 A

"**그**럼 부탁이 있습니다만…."

"무슨 일인가요?"

"하티를 빌리고 싶습니다. 오늘 밤 보석 도둑 체포 작전이 있는데, 범인인 괴도88은 변장의 달인입니다. 이미 마을 사람 중 누군가로 변장하여 숨어있을 겁니다. 믿을 수 있는 건 하티뿐입니다."

"하티를?"

폴린의 얼굴이 어두워졌다.

지금 막 돌아온 소중한 하티가 위험한 상황에 빠질 수도 있다는 상상만으로도 폴린은 몸에서 핏기가 빠져나가는 느낌이었다. 그렇지만 하티가 흔들던 꼬리를 멈추더니, 주인의 불안한 얼굴을 바라보며 큰 소리로 한 번 짖었다.

"그래…. 하티는 사람으로 치면 벌써 36살…. 한창 일할 나이지. 좋아요! 반드시 잡아야 해요!"

하티를 무사히 데려오겠다고 단단히 약속한 후 하티와 함께 폴린의 집을 나섰다.

【단서 S에 '든든한 내 편 하티', 지시 번호 S에 36이라고 기입】

39 ↪ 104

"**응?** 뭐야, 당신도 설교를 들으러 왔어?"

"파타피 씨는 의외로 신앙심이 깊네요."

"의외라니? 당신도 여기서 마음을 정결하게 하고 가도록 해."

"아니오, 저는 됐습니다…."

"거 참, 이번 달은 경로의 달이야. 당신도 곤경에 빠진 노인을 발견하면 먼저 나서서 도와주라고."

파타피는 당신의 앞을 지나 예배당으로 들어갔다.

40 ↪ 346

거인 아르고스의 몸에는 검은 눈동자가 많이 달려 있었습니다.

그리고, 아르고스의 이마에는 아름다운 달님이 있었습니다.

아르고스는 수 많은 검은 눈동자와 아름다운 달님을 자랑스러워했습니다.

그런데 눈동자 중에서 딱 하나만 하얀 눈동자였습니다.

어느 날, 이마에 있는 달님이 말했습니다.

"너는 눈동자가 많구나."

아르고스는 대답했습니다.

"응, 내 몸엔 눈동자가 많아!"

그러자 달님이 말했습니다.

"하얀 눈동자는 내 곁에 가까이 있으면 좋겠는데."

"좋아, 하얀 눈동자는 네 근처에 둘게."

그 이후 아르고스의 하얀 눈동자는 달님 바로 밑에 있게 되었습니다.

그리고 몇 년 후 거인이 죽어버렸습니다.

마을 사람들은 거인의 눈동자를 전부 떼 내어 공작의 날개에 붙여 주었습니다.

【중요한 기록란 27에 '달님의 바로 밑에는 하얀 눈동자'라고 기입】

"**무**녀가 썼다는 고문서를 보고 싶은데요…."

"무녀의 고문서라. 잠깐만."

얼마의 시간이 지나자 엘시가 너덜너덜한 종이를 소중히 들고 왔다.

"무녀가 쓴 고문서…. 여기 석판이 있는 곳에 관한 힌트가 있을 텐데. 음…, 아직은 잘 모르겠군."

천사백팔십일년   팔월이십사일

탐구자에게꽃편지가도착하고, 과거를쫓는자는생을다한다.

저녁무렵석양의노을이사라질때   다리와연결된끈이끊어져

계곡으로떨어진후진실의종에서   바늘을조종하는이의혼이떠오른다.

보물에숨겨진진짜의미를아는자,   황금으로된가면을쓴채

몰래숨어들고구름에뜻을새기면서   어둠으로스며든증오의신을

낳는다. 지금당장잠을깨어라, 예언의전모를알게될나의후손이여!

숨겨진늑대인간의혼을알지어다.   신기한힘을가진뜨거운바람,

언젠가그바람이불어왔을때   거인이빛의눈물을흘려주리라.

무고한사람들이피해를입고…사람이사람을믿지못할때,

그토록오랜시간기다려온바로그순간을놓치지말지어다.

"**이** 가게는 숲과 호수 근처에 있어 위치가 좋군요."

"저도 마음에 들어요. 이 가게는 옛날에 민화 수집가 형제가 살던 집이었대요. 메르그 호수나 마을과 관련된 민화와 고전 이야기에 대해서 연구했대요. 옛날이라고 해도 100년 정도 전에 일어난 일이지만요. 그 집을 개조해서 찻집으로 만들었대요."

"오~ 그럼, 그 형제가 모았던 민화는 책으로 만들어졌을까요?"

"글쎄요, 거기까지는 모르겠네요."

43 ↪ 100

3열씩 줄지은 무덤이 교회 바로 뒤쪽부터 헤이드룬 거리까지 죽 늘어서 있다.

그중에는 무척 오래된 무덤도 있었는데, 구석구석까지 관리가 잘 되어 모든 묘비가 하얗게 반짝였고, 몇 개의 무덤 앞에는 아름다운 꽃다발이 놓여 있었다.

44 ↪ 129

"무덤에 무녀의 마크…. 묘지에 무녀의 무덤이 남아있다는 건가…? 무덤에도 어떤 비밀이 숨겨져 있을지 모르겠군. 그래, 무녀의 무덤을 찾아보자."

【단서 L에 '무녀의 무덤', 지시 번호 L에 44라고 기입】

45 ↪ 145

프런트 옆 계단을 통해 2층으로 올라가니 왼쪽 창으로 뒷골목이 보였다.

어젯밤 해리 카샤사가 살해된 골목이다. 어두컴컴한 뒷골목을 곁눈질로 바라보며 부엉이 방의 문을 노크하자 안에서 젊은 여행자가 문을 열었다.

"바쁘시겠지만 실례 좀 하겠습니다. 사설 탐정입니다."

"아, 탐정님이세요?"

젊은이는 약간 놀란 눈치였다.

"에드거 씨죠?(18 페이지 참조) 뭐 좀 여쭤봐도 될까요?"

"그러시죠. 여기 서서 이야기하기는 불편하니까, 잠깐 들어오세요."

당신은 에드거에게 가볍게 눈인사를 하고 방 안으로 들어갔다.

방에는 창문이 2개 있고 한 쪽은 캐트 시 거리, 다른 한 쪽은 골목길을 내려다볼 수 있다.

➡ 에드거와 이야기를 나눈다. → 158로

➡ 뒷골목을 내려다본다. → 193으로

46 ↪ 20

"요정이 반짝거리지 않던가요?"

"어머 잘 아시네요. 말할 때 줄곧 반짝거렸죠…. 하아~"

"말을 해요? 요정과 얘기도 했나요?"

"네. 더듬거리며 사람의 말도 했어요…. '당신, 새콤달콤하고 맛있는 냄새!'라면서 말했어요…. 후우~"

미셸은 턱을 받치고, 다른 한 손을 허공에서 쥐었다 폈다 했다. 반짝반짝 빛나는 모양을 표현하는 듯했다.

"그건 아마 바람의 요정일 거예요…. 하아~"

"바람의 요정?"

"네, 어제 마침 요정에 관한 책을 읽었거든요…. 그 모습은 분명 바람의 요정이었어요…. 후우~"

47 ↩ 24

늑대 모습의 괴물이 문 뒤에서 나타났다. 그 눈은 시계탑에서 봤을 때처럼 새빨갛게 불타고 있었다.

"느… 늑대인간…!"

늑대인간은 날카로운 이빨을 드러내고 낮게 으르렁거리며, 서서히 한 발 한 발 당신에게 다가온다. 당신은 무의식 중에 뒷걸음질 쳤다.

뒤쪽은 잠긴 보물창고. 도망칠 곳도 무기도 없다.

"분명히…. 도서관 책에 괴물을 물리칠 방법이 적혀 있었어…. 그 책은…!"

➜ **꽃말 사전 → 63으로**

➜ **포토루시 요정들 → 111로**

➜ **보석 장식품과 골동품 → 420으로**

48 ↩ 37

이층 창이 저쪽이니까…, 아까 뭔가 반짝거렸던 건, 이 근처야."

자세히 살펴보니, 석단 틈새에 작은 클립과 찢어진 종이쪽지가 끼워져 있다. 당신은 종이쪽지가 찢기지 않도록 조심스럽게 빼냈다. 종이쪽지는 정확히 작은 수첩 정도의 크기다.

"이것은…. 살해당한 해리의 메모일까?"

→ 173으로

49 ↪ 95

당신은 묘지로 가서 무녀의 무덤 앞에 섰다. 묘비명을 가만히 바라보고 있으니 무덤이 뭔가를 이야기하고 싶어 하는 듯한 느낌이 들었다.

➡ 단서 w에 관해서 수사한다. → 49 + 지시 번호 w

50 ↪ 149

당신은 암호의 전문을 모두 읽었다.
'50세 정도 되는 군인이 마을에서 신무기를 만들고 있다.'
"이런 정보를 왜 폴린이?"

【단서 U에 '군인', 지시 번호 U에 50이라고 기입】

51 ↪ 376

당신은 책장 앞에 서서 책들의 제목을 확인했다. 목공 도구, 가구, 건재, 주방 기구에 관한 전문서적이 꽂혀 있고, 오래된 주택 설계도와 하수로 지도 자료, 맨 오른쪽 아래 칸에는 제임스가 작성한 수리법과 개조 기록이 정리되어 있었다. 의외로 착실한 사람같아 보였다.

52 ↪ 254

당신은 안으로 들어갈 수 있을지 주변을 둘러보았다. 하지만 연구소는 창문도 많지 않고, 뒷문 같은 것도 없었다. 연구소의 서쪽은 호수에서 흐르는 작은 시냇물과 닿아 있다.

➡ 단서 i에 관해서 수사한다. → 52 + 지시 번호 i

53 ↪ 407

당신의 손바닥 위에서 보석의 바깥쪽이 점점 녹아 연기로 바뀌었다. 그리고 안쪽에서 사과 모양 보석이 모습을 드러냈다.
"이제 바람을 만나러 가면…."

【단서 k에 '갇힌 사과', 지시 번호 k에 53이라고 기입】

KFP, 포토루시 왕국군(Kingdom Forces of Potorus)이다.

"그러고 보니 오늘 아침 신문에 기사가 났었어. KFP가 반전 조직 아리스토의 아지트에 상륙했다던가…. 폴린 아락…, 도대체 당신 정체가 뭐지?"

55

"**촌**장님, 몸은 좀 어떠세요?"

구출했을 때보다는 얼굴빛이 좀 나아진 촌장은, 괴도가 침대를 망가뜨려 놔서 거실 소파에 누워 있었다. 목에는 계절과 어울리지 않는 목도리를 하고 있다.

"음. 덕분에 훨씬 살만하네. 그보다…, 내가 없는 사이 마을에 이런 엄청난 일이 생겼을 줄은…."

촌장은 분하다는 표정으로 주먹을 꽉 쥐었다.

"… 게다가 돌아와 보니 우리 집에 개가 3마리나 있어 깜짝 놀랐네. 으허허!"

3마리의 개는 이상하다는 표정으로 계속해서 촌장에게 킁킁거린다.

"이 녀석들이 어제부터 계속 이러고 있다네!"

"그런데, 그 목도리는?"

"응? 이건 오늘 아침 엘시가 주더군. 요즘 좀 멋진 거 같다고 하더라니까! 인기 많은 남자는 힘들다네…. 으허허허!"

"… 그건 괴도가 변장했던 촌장을 말하는 것 아닐까요?"

➡ 무녀에 관해서 묻는다. → 283으로

여러 가이드북 중에서 마리는 특별히 보여주고 싶은 한 권을 펼쳤다.

"여기요 여기! 메르그 호수 주변에는 빨간 월귤이 가득하대요! 맛있는 월귤과 맛없는 월귤 골라내는 방법도 적혀 있어요."

"어디 봅시다…."

'메르그 호수에는 월귤이 가득합니다. 하지만 정말 맛있는 월귤나무는 딱 10그루밖에 없습니다. 또한, 특별히 더 맛있는 월귤은 모두 합쳐서 15개뿐이라고 합니다.'

【중요한 기록란 14에 '맛있는 월귤나무는 10그루, 월귤 열매는 모두 15개'라고 기입】

57

문에 외출 시의 안내문이 없다. 웬일로 촌장이 집에 있나 보다.

"실례합니다."

당신은 촌장 집의 문을 열었다.

"어서 들어오시게." 안에서 촌장의 목소리가 들렸다.

당신은 복도를 지나 목소리가 난 방으로 들어갔다.

촌장은 침대 위에서 상반신만 일으켜 식사하고 있었다. 미스 콘테스트 준비와 괴도의 출현, 우크메르 다리 파손, 그리고 무엇보다 늑대인간이 저지른 연쇄살인 사건으로 노심초사하던 촌장은 탈진해버린 것이었다. 3마리의 개가 침대를 둘러싸고 잠들어 있었다.

"어젯밤에는 공작을 잘 지켜냈더군~!"

➡ 괴도에 관해서 묻는다. → 122로

➡ 폴린에 관해서 묻는다. → 371로

➡ 개들에 관해서 묻는다. → 71로

58 ↱ 177

폴린의 방에는 책상과 침대 그리고 큰 책장이 하나 있었다. 책상 위에는 타자기 1대와 뜯어진 멘솔 담배 한 갑. 책장에는 개와 관련된 책으로 가득했다. 당신이 책장으로 다가서자 뭔가 조그만 것이 발에 채어 책장 밑으로 굴러 들어가 버렸다.

➡ 책장을 조사한다. → 223으로

➡ 책장 밑을 조사한다. → 115로

➡ 책상을 조사한다. → 88로

59 ↱ 49

"**무**녀의 생년월일은 1월 14일…. 황도 12궁, 10번째 별자리는…. 염소자리다!"

60

니즈 헤그 다리를 건너 촌장 댁을 방문했지만 집에 없는 모양이었다. 현관문에는 2장의 안내문이 붙어 있다.

볼일이 있으신 분은 광장(270번지)으로 오시오! – 촌장

강아지 배설물은 키우는 사람 책임입니다.

61 ↪ 182

"**하**티는 제가 찾아내겠습니다. 그러니 안심하세요."

"정말이죠?"하며 폴린은 얼굴을 들어 당신을 바라봤다.

"하티는 잃어버린 겁니까?"

"어제 같이 산책하던 중에 달아났어요. 그 산책 코스는 스콜이랑 마나가 정말 좋아했었는데, 하티는 싫었던 걸까요…? 아~ 하티! 내 사랑스러운 강아지…."

"산책 코스에 대해서 말씀해 보세요."

"바게스트 거리를 남서쪽으로 내려가서 뇨르드 다리를 건너요. 그리고 촌장님 댁 앞을 지나죠. 보통 그 주변에서 항상 스콜이 볼일을 보고…. 그 다음에 니즈 헤그 다리를 건너려는데, 다리 앞에서 하티가 갑자기 날뛰기 시작하더군요. 저도 엉겁결에 그만 놓쳐버려서…."

"그렇군요. 그게 몇 시쯤이었습니까?"

"15시…, 40분쯤일 거예요."

【단서 N에 '산책 코스', 지시 번호 N에 40이라고 기입】

62

촌장은 오늘도 집에 없는 모양이다. 여전히 2장의 안내문이 붙어 있다.

볼일이 있으신 분은 광장(272번지)으로 오시오! – 촌장

강아지 배설물은 키우는 사람 책임입니다.

63

"**꽃**말 사전… 이었던가…?"

당신은 알아봤던 꽃말을 떠올려봤다. 그렇지만 도움이 될 만한 말은 없는 듯
했다. 늑대인간이 맹렬한 속도로 다가오는가 싶더니 어느새 사나운 이빨로 당신
의 목덜미를 물어뜯었다. 당신의 비명이 밤의 신전에 울려 퍼졌지만 아무도 도
와주는 사람은 없었다.

GAME OVER

64

촌장은 어제와 마찬가지로 침대에 누워있었다. 아직 피로가 덜 가신 듯했다.
침대 주위에는 폴린이 키우던 3마리의 개가 촌장을 바라보며 앉아있다.

"폴린의 배지를 보면서 애처롭게 울더군. 자, 얘들아~ 밥 먹어야지~"

그렇게 말하자 3마리의 개는 거실에 있는 사료를 먹으러 방을 나갔다.

➡ **다리와 하수로에 관해서 묻는다.** → 241로

65 ↪ 297

당신은 계단을 올라가 "부엉이 방'의 문을 두드렸다. 에드거가 얼굴을 내밀더
니 "아, 들어오시죠!"하며 문을 열어 주었다.

에드거는 방에서 느긋하게 쉬고 있었는지 긴 머리를 하나로 묶고 있었다. 목
덜미에는 작은 반점이 보인다.

➡ **부모님을 찾았는지 묻는다.** → 292로

66

"**악**항퉁시해셔마물서다!"

당신은 요정의 언어를 외쳤다.

그러자 갑자기 서늘한 바람이 소용돌이를 일으키기 시작했다.

강풍은 더욱 거세게 커졌고, 당신은 그 안에서 제대로 서 있기가 힘들 정도였다.

하지만 강인한 늑대인간은 강풍에도 아랑곳하지 않고 무시무시한 속도로 당신

에게 달려들었다. 당신은 아무런 힘도 쓰지 못한 채 늑대인간의 일격을 정면으로 받고 그대로 숨이 끊어졌다.

GAME OVER

67 ↩ 52

하수로 지도를 살펴보니 메르그 호수에서 흘러나온 시냇물 방죽에 하수로로 연결되는 입구가 있는 것 같았다. 잘만 하면 이곳을 통해 연구소로 잠입할 수 있다. 지도에 의지해서 찾아봤더니 하수로로 들어가는 입구를 금세 찾았다. 램프에 불을 켜서 입구로 들어가자 통로는 곧장 동쪽으로 뻗어 있었고, 5미터 정도 걸었더니 하수로가 나타났다. 바로 그 앞에는 사다리가 놓여있어 위로 올라갈 수 있었다.

➡ **사다리를 타고 올라간다. → 378로**

68 ↩ 200

"성급한 질문이기는 하지만, 어제 사건에 대해 좀 알아보고 있는데 최근에 뭔가 평소와 달랐던 점은 없었나요?"

"달랐던 점은…, 없어요. 지난번에 광장에서 서커스를 봤어요! 호리호리한 여자였는데, 단단하게 채웠던 수갑을 눈 깜짝할 새에 풀고 빠져나오더라고요!"

안나는 말하면서 손목을 굽혔다 돌렸다 했다. 오른손 새끼손가락에 반지를 끼고 있다.

당신과 안나가 얘기를 나누고 있는데 옆 테이블에 있던 남자 손님이 안나에게 말을 걸었다.

"안나, 내일 미스 콘테스트에 나가보는 게 어때? 스무 살 기념으로 말이야. 나가면 우승은 떼 놓은 당상이라고."

당신도 그 말에 동의했지만 안나는 쑥스러워하며 대답을 얼버무렸다.

69 ↩ 16

당신은 요정에게 '갇힌 사과'에서 나온 보석을 건네주었다.

요정은 손바닥에 올려진 보석을 가만히 바라보았다.

그리고는 갑자기 지금까지 보였던 천진난만한 표정이 악마처럼 간사한 미소로 바뀌었다.

순식간에 바람이 거세지면서 주변이 새콤달콤한 향기로 가득 찼다. 바람이 빙글빙글 당신의 주변을 감아 돌기 시작한다. 눈 앞에 나타난 투명한 톱니바퀴가 점점 커지고 이명과 심한 두통에 시달리던 당신은 의식을 잃고 그 자리에 쓰러졌다.

➡ 숲 속으로 → 91로

70 ↪ 150

루비 가장자리는 뾰족뾰족하게 가공되어 있었다.

"이 반지는 톱니바퀴 모양으로 세공되었네요."

"맞아. 옛날에 냐마 산맥을 넘어 이 마을을 찾아온 떠돌이 장인이 시계탑에 복잡한 톱니바퀴를 설치해서 태엽 인형을 만들었어. 그걸 보고 이 반지를 톱니바퀴 모양으로 디자인한 거지. '톱니바퀴는 냐마 산을 구른다'라는 속담이 있지 않나."

"흠… 그런 내막이 있었군요…."

【중요한 기록란 5에 '톱니바퀴는 냐마 산을 구른다'라고 기입】

➡ 가격을 묻는다. → 35로

➡ '갇힌 사과'에 관해서 묻는다. → 414로

➡ 단서 D에 관해서 수사한다. → 70 + 지시 번호 D

➡ 단서 E에 관해서 수사한다. → 70 + 지시 번호 E

71 ↪ 57

"**이** 개들은…."

"폴린이 키우던 개들이야. 내가 데려왔지. 키워 주던 주인을 잃었으니…, 애들이 불쌍하잖나."

그렇게 말하며 니모 촌장은 자신의 그릇에서 훈제 생선을 한 조각 떼어내서 개에게 나눠줬다.

➡ 단서 V에 관해서 수사한다. → 71 + 지시 번호 V

그림 아래에는 아래와 같은 문장이 적혀 있었다.

"오늘 밤, 이 시간에 다시 오겠다. 절반은 어둠 속에 남겨두어라."

【수수께끼를 풀고 나타난 숫자의 단락으로】

"**그** 십자가 펜던트, 멋지네요!"

"고마워요. 저는 휴일에 교회에 가서 예배를 드려요. 그러면 마음이 차분해지는데…, 이 펜던트를 걸고 있으면 항상 같은 느낌이 들어요. 후훗."

그렇게 말하며 가슴의 펜던트를 오른손으로 살짝 들어 올렸다. 오른손 검지에 낀 반지가 반짝하며 빛났다. 다른 손가락에는 반지가 없었다.

"교회 신부님은 어떤 분이세요?"

"신부님은 언뜻 무서워 보여도, 정말 좋은 분이세요. 정의감이 너무 넘쳐 오해를 살 때도 있긴 하지만요. 후후."

74 ↱ 295

곡예사인 마리 크미스는 방에서 책을 읽고 있었다.

"오, 마리 씨가 외출하지 않고 책을 읽다니 드문 일이네요."

"네, 좀 알아볼 게 있어서요."

"어제는 구둣가게에서 뵈었었죠?"

"네, 그리고 나서도 미셸과 한참 얘기했어요. 그 사람 재밌더군요!"

"좀 독특하긴 하죠."

"맞아요. 그리고 미셸에게 들었는데 안나나 셰리 중 한 사람이 무녀의 후손이라면서요? 누군지 알아냈나요?"

➡ 단서 w에 관해서 수사한다. → 74 + 지시 번호 w

75 ↱ 106

"**앞**뒤 모두 완벽하게, 원래대로 됐네요."

"정말 감사합니다! 이제 문제없이 운행할 수 있겠어요!"

"천만에요. 도움이 되었다니 제가 영광입니다. 다행이네요."

파스칼은 장갑을 벗고 당신에게 악수를 청했다. 그 남자의 오른손 중지에는 반지가 반짝이고 있었다.

76 ↱ 32

"**무**녀의 무덤에 대해 뭔가 아는 게 있습니까? 아주 오래된 무덤인데요."

"무녀의 무덤…? 무녀의 무덤이라…."

엘시는 고개를 갸우뚱하고는 눈을 깜박거리며 머릿속에서 뭔가를 열심히 찾고 있다.

"음, 어딘가에서 그런 책을 본 적이 있었어. 분명히 기증받은 책이었는데…."

"그 책 제목이나 표지 특징이 기억나시나요?"

"그건 기억이 안 나지만… 분명 토미가 기증한 책이었어. 토마스 코냑 말야."

→ 249로

77 ↪ 248

바람의 요정은 큰 날개가 있고 몸이 투명하며, 말을 할 때 아름답게 빛난다. 바람 요정의 언어에는 신비한 힘이 있어서 바람 요정을 모신 신전이나 사원에서 주문을 외우면 괴물이 싫어하는 뜨거운 바람을 불러 모은다고 한다.

사즈 마을이나 우크메르 마을 등 바람이 잘 통하는 물가에서 주로 볼 수 있고 우크메르 마을에서는 이 요정과 사진을 찍었다는 소녀도 있었지만, 진실은 알려지지 않았다.

【중요한 기록란 17에 '괴물이 싫어하는 열풍'이라고 기입】

78 ↪ 70

"저는 반지나 보석은 잘 모르는데… 공부 좀 해볼까요?"

"그런 마음가짐은 괜찮군."

"저기 저 책은 '멋진 반지'인가요?"하며 당신은 탁자 위에 놓인 책을 가리켰다.

"… 아! 이 책? 이 책으로 공부해 볼텐가?"

파타피는 책상 위에 있던 책을 당신에게 건넸다.

"이거 참 고맙습니다."

"아 그렇지, 그 책. 도서관에서 빌린 거야. 다 읽으면 당신이 반납하라고."

➡ 반지에 관한 책을 펼친다. → 196으로

79 ↪ 26

순서대로 지하도를 빠져나가 메르그 호수 근처 하수로에서 땅 위로 올라왔다. 당신과 촌장은 마을로 무사히 돌아오는 데 성공했다.

촌장을 집에 모셔주고 숙소로 돌아오자 피곤함에 지쳐 정신없이 잠들었다.

80 ↪ 33

늑대인간은 종루 지붕에 몸을 숨기고 두 사람을 내려다보았다. 옆으로 찢어진 입 모양이 비웃고 있는 듯 보였다. 그 입에서 붉은 액체가 뚝뚝 떨어졌다. 이성이라고는 손톱만큼도 느껴지지 않는 짐승이었다.

늑대인간의 등뒤에 있는 종루 기둥에 무엇인가 대롱거리며 늘어져 있다. 실눈을 뜨고 자세히 살펴보고는, 그것이 사람의 모습이란 걸 안 당신은 순간 소름이 끼쳤다.

"프리츠 씨!"

불러봤지만 대답이 없다.

"악랄한 놈…."

괴도가 낮은 목소리로 말하는 순간. 늑대인간이 무시무시한 속도로 괴도에게 달려들었다. 괴도는 재빨리 뛰어올라 지붕 위로 몸을 피했다.

늑대인간은 옥상에 착지해서 뒤돌아보더니 당신을 향해 이빨을 드러냈다.

"칼을 뽑아!"

괴도가 소리쳤다.

➡ 지붕에 꽂힌 칼을 뽑아 싸운다. → 259로

➡ 도망친다. → 219로

81 ↪ 64

"자, 이제 연기는 그만하시지!"

"뭐라고? 무슨 소리를 하는 겐가?"

"진짜 촌장님은 어디에 계신 거야!"

"이…. 이 보게. 나는 통 무슨 말인지…."

"… 와인잔에 남은 오른손 중지의 반지, 미셸의 가게에서 만든 27cm의 구두. 그리고 수염 변장…. 이 3가지 조건에 해당하는 사람은 당신밖에 없어. 포기는 빠를수록 좋아! 괴도88!"

촌장은 고개를 살짝 숙이더니 빙긋이 웃었다.

→ 417로

82 ↪ 417

침대 매트리스를 들어 올리자, 그 아래는 구멍이 뻥 뚫려 있고, 지하로 이어지는 줄사다리가 걸려 있었다.

그 컴컴한 구멍을 보자 당신은 생각이 떠올랐다.

촌장이 도서관 책을 23일이나 연체하고 있다는 사실. 하수로가 촌장 집 근처를 지난다는 사실. 그리고 어제 맡은 개들에게 냄새가 강렬한 청어 훈제를 주었다는 사실. 후각을 마비시킨 것이다.

괴도는 이미 오래전부터 촌장으로 변장해서 하수로로 이어지는 이 구멍을 팠다. 지금쯤 변장을 풀고 자리 박사의 우조 소프터로 탈출했을 테지.

또 놓치고 말았다. 그런데 당신은 터져 나오는 웃음을 참을 수가 없었다.

"괴도! 정말 재미있는 녀석이야."

마음이 좀 가라앉자 괴도가 마지막으로 남긴 말이 마음에 걸렸다.

"공작을 있어야 할 장소로 돌려놓으라니…. 공작이라면 그 목걸이의 공작일 텐데, 있어야 할 장소라면…?"

【단서 ℓ에 '괴도의 말', 지시 번호 ℓ에 88이라고 기입】

【단서 m에 '암호', 지시 번호 m에 7이라고 기입】

【중요한 기록란 19에 '공작을 있어야 할 장소로 돌려놓으라'고 기입】

83 ↪ 12

당신은 팔걸이에 올려진 박사의 오른손을 확인했다. 오른 손목에 벨트를 차고 있었고 벨트에는 숫자가 적힌 둥근 문자판이 달려있다. 그 위를 작은 바늘이 움직이고 있다.

"그건…, 시계인가요?"

"맞아요, 헤헤. 이것은 '손목시계'라는 겁니다. 드물죠? 집 안에서 연구할 때가 많아서, 헤헤헤. 시계탑은 거의 안 봅니다. 이건 편리한 물건이라 곧 많은 사람이 쓰게 될 겁니다. 헤헤헤."

그러더니 박사는 손목시계 문자판을 살짝 쓰다듬었다. 오른손 중지에 반지를 끼고 있다.

【중요한 기록란 6에 '자리 박사는 자신의 손목시계로 행동'
이라고 기입】

"**무**녀의 능력을 발휘할 수 있는 사람은 대대로 똑같은 별자리라는 사실을 알았습니다. 무녀의 무덤에 생년월일이 새겨져 있을 테니, 그 다음은 두 사람의 별자리를 알아내면 어느 쪽이 진짜인지 알 수 있어요."

"어머, 훌륭하네요! 저는 어제 도서관에 갔어요. 이 마을의 역사에 대해 더 알고 싶어서요. 분명히 이 마을은 뭔가 이상해요."

"네? 뭐가 이상하단 거죠?"

"당신도 벌써 눈치 챘을 거예요. 저는 매일 이 마을을 돌아다니면서 알았어요. 무녀나 늑대인간, 요정, 그리고 점괘 같은 거…. 일반적으로 생각할 수 없는 일이 태연하게 벌어지고 있어요."

"마리 씨, 당신은 혹시…?"

"저는 당신과 같은 일을 하는 사람이에요. 해리 카샤사 씨가 아닌 다른 사람에게서 편지를 받고 이 마을에 온 탐정이요."

"뭐라고요?"

"고용주는 프리츠 키르쉬. 처음엔 당신도 용의자 중 한 명이었어요. 그런데 아무래도 아닌 거 같네요."

"프리츠 씨가?! 곡예사라는 건…?"

"그건 사실이에요. 곡예사이면서 탐정이죠. 당신이나 저나 이 마을의 초현실적인 분위기에 이미 빠져버렸어요. 동화 나라 같은 이 마을의 아름다움에 우리가 사로잡힌 건지도 모르죠…. 아무튼 이 마을은 확실히 이상해요."

"듣고보니 그렇군요. 이 마을에서 하고 있는 수사나 추리의 근거는 대부분 과학과는 거리가 멀어요. 그렇지만 이 마을에서는 그것이 당연하다는 듯 통하고 있지요."

"저기요, 만약 당신이 늑대인간과 맞닥뜨려서 일반적으로 싸운다면 절대 못 이겨요. 그땐 어쩔 생각이에요?"

"그건……"

"이렇게 생각해 보면 어때요? 이 마을은 운명이나 인연에 완전히 사로잡혀 있어요. 늑대인간도 그 신비로운 존재의 일부고요. 그러니까 만약 늑대인간에게서 달아날 수 있는 고전 같은 게 이 마을에 남아 있다면 그대로 똑같이 하면 돼요. 늑대인간은 그 인연에서 빠져나갈 수 없어요. 이 마을의 기묘한 숙명을 거꾸로 이용하는 거죠."

"**뭔**가 재미있는 기사라도 실렸나요?"

"메르그 호수의 요정에 관해서 적혀 있어. 그런 게 있을까?"

"프리츠 씨는 요정의 존재를 믿지 않는군요."

"그런 건 아냐. 요정을 본 자는 행방이 묘연해진다잖아. 여기 적힌 것처럼 귀엽기만 한 건 아닐지도 모른다고."

맨질맨질한 표면이 보이기 시작했다.

"이것은…!"

신중하게 줄로 석고를 깎아내자 바깥쪽과 마찬가지로 벼랑 위에서 예언하는 여자의 그림이 나타났다. (다음 페이지 참조)

바깥쪽 그림은 여자가 두 명이었는데, 안쪽은 한 명이다.

"예언하는 한 명의 여성…, 이 사람이 진짜 무녀야. 이 수수께끼를 풀면 진짜 무녀의 후손이 누구인지 알 수 있어!"

【수수께끼를 풀고 나타난 문장에 포함된 숫자의 단락으로】

이 정도 거리에서는 더이상 도망갈 수도 없다. 게다가 무기도 없으니 절체절명의 위기다. 점점 빨라지는 심장 고동.

그렇지만 저항 한 번 해보지 못하고 이대로 죽을 수는 없다. 당신은 쩌렁쩌렁한 소리를 내며 온 힘을 담아 늑대인간에게 온몸을 세차게 부딪쳤다.

하지만 늑대인간은 한 손으로 가볍게 당신을 밀어제치더니 흉악한 미소와 함께 가차 없이 날카로운 발톱을 휘둘렀다.

때마침 시계탑에서 22시를 알리는 종이 울렸다. 당신은 은은하게 울려 퍼지는 종소리와 자신의 심장 고동이 멎어가는 소리를 듣고 있었다.

GAME OVER

88 ↪ 58

탁자 위의 타자기는 어디서나 볼 수 있는 제품이었다. 당신은 시험삼아 모든 문자를 두드려 보았다. 미묘하지만 F, K, P 세 문자는 옅게 찍힌다. 그리고 나서 당신은 담배갑을 열었다. 비닐은 뜯어져 있었지만 담배는 한 개비도 피우지 않았다. 담배를 전부 꺼내 보니 한 개비만 말아 놓은 종이의 질이 달랐다. 말려 있던 종이를 벗기자 안쪽에 기묘한 문장이 적혀 있다.

"이것은 무엇인가의…, 암호…?"

→ 149로

89 ↪ 165

2층으로 올라가 L자 모양의 통로를 지나면 복도 끝 오른쪽에 시계추의 방이 있다. 관리인 실에서 찾은 열쇠로 문을 열고 방으로 들어갔다.

방에 들어가면 왼쪽 벽에 커다란 시계추가 흔들리고 있고 중앙에 거대한 태엽 인형이 있다. 밑에서 보면 작아 보이지만 실제로 보니 크기가 꽤 컸다. 인형의 몸은 군데군데 움푹 들어가 있다.

➡ 단서 p에 관해서 수사한다. → 89 + 지시 번호 p

90 ↪ 308

"**이** 정도면 충분하겠지…."

당신은 맛있는 월귤을 준비한 주머니에 담았다.

"90g 정도 되려나?"

빨간 열매를 하나 깨물어 봤다. 새콤하지만 맛있다.

【단서 a에 '월귤 열매', 지시 번호 a에 90이라고 기입】

91 ↪ 69

대단히 무서운 악몽에 시달리다 눈을 뜨니, 당신은 울창한 숲에 누워있었다. 극도로 피곤하고 전신의 감각이 마비된 느낌이다. 두통과 구역질을 억누르며 일어서서 주변을 돌아보니 먼 곳에서 한 건물이 보인다. 곧 해가 저물 것 같다. 당신은 건물을 향해 걷기 시작했다.

➡ **잊혀진 신전으로 → 400으로**

92 ↪ 180

"**베**레모가 잘 어울리네요."

"괜찮죠? 요전에 미셸의 가게에서 발견했어요. 호호호!"

"그 배지도 귀엽네요. 멋지게 차려입고 오늘은 외출하시나요?"

"네?"

"A는 무슨 의미인가요?"

"아… 아~. 이 배지요? 이건 그거예요…, 아락의 A요! 이름에서 딴 이니셜이죠!"

"아, 그렇군요. 폴린 아락의 A로군요."

"그… 그럼요! 호호호! 조금 있다 레스토랑에서 데이트가 있어요."

93 ↪ 165

당신은 밖으로 일단 나가 시계탑을 올려다보았다.

시계탑은 시간대별로 표정이 바뀐다. 낮 동안의 시계탑은 푸른 하늘과 하얀 구름을 배경으로 예리하게 솟은 첨탑의 장엄한 모습을 보인다.

"해 질 무렵에는 노을빛을 받은 탑이 빨갛게 물들이 한없이 아름다워…."

➡ 단서 o와 s에 관해서 수사한다. → 93에 지시 번호 o와 s를 더한 숫자에 해당하는 단락으로

94 ↪ 347

"**빵**이 맛있어 보이네요."

"이 잼이 최고예요!"하며 파스칼이 잼 병을 가리켰다.

"이건 지난번 찻집 뿔피리에서 산 과일잼이에요. 이 계절에는 월귤 잼이 맛있어요. 게다가 안나가 만들기도 했고…."

"아하~…."

"아! 아니 아니 그런 게 아니라. 그렇지만 정말 맛있어요! 다음에 한 번 드셔 보세요."하며 파스칼은 얼굴을 붉혔다.

95

교회 예배당으로 가자 신부가 하느님에게 기도를 하고 있었다. 기도가 끝나자 당신을 향해 말했다.

"또 한 사람…. 하느님께 안식을 구해야 합니다."

신부는 여전히 표정에 변화가 없었지만 눈에서는 비통한 기색이 느껴졌다.

"당신께 드릴 것이 있습니다."

신부복 소매에서 깨진 손목시계를 꺼냈다.

"돌아가신 분의 물건을 마음대로 들고나오는 것은 금지되어 있습니다만, 이 시계는 자리 박사가 간직하던 물건입니다. 습격당할 때 깨졌나 봅니다."

"9시 2분에 멈춰있어…. 박사가 살해된 건 어젯밤 21시 무렵이야! 이제 알리바이를 수사를 할 수 있겠어!"

"셰리 씨에게 들었는데요, 당신은 박사에게 총을 맞았다고 하더군요? 하지만 박사는 총을 갖고 있지 않았습니다. 집 안도 찾아봤는데 없었습니다."

【단서 o에 '박사 살해 시각', 지시 번호 o에 21이라고 기입】

【중요한 기록란 25에 '자리 박사가 살해당한 건 5월 14일 21시 2분'이라고 기입】

➡ 묘지로 간다. → 49로

"**여**기에 괴도의 특징이 적혀 있는 건가…?"

【퍼즐을 풀고, 나타난 숫자 단락으로】

S와 B에서 알파벳이 향하는 방향으로 선을 따라가라.

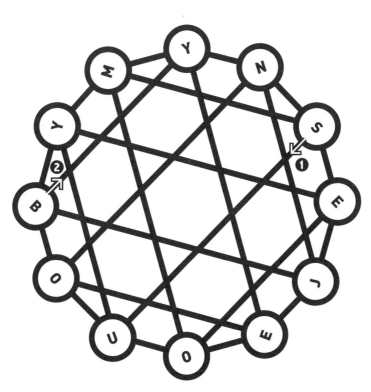

이동할 단락 → ♣ ♣

"**늑**대인간은…, 사탄의 화신입니다. 교회에 안치된 시신을 보면 알 수 있어요…. 어서 사건을 해결해 주세요."

교회 정문 옆에서 신부가 정원사와 얘기를 나누고 있다가, 당신을 발견하고는 성큼성큼 다가와 말했다.

➡ **예배당으로 간다.** → **274로**

"**뭔**가 달랐던 점은 없었나요?"

"그게 어제 점심쯤 지나서요…."

펠릭스는 목소리를 낮췄다.

"폴린이 가게에 와서 야윈 남자와 소곤소곤 얘기를 나눴어요."

"야윈 남자?"

"네, 분명히 이 마을 사람은 아니었어요. 연인처럼 보이지도 않았고…. 아무튼 평소의 그 쾌활한 폴린은 온데간데 없었어요."

"어떤 얘기를 하던가요?"

"그건 못 들었습니다만…. 남자가 돌아갈 때 담배 한 갑을 폴린에게 건네줬어요."

【퍼즐을 풀어 나온 숫자 단락으로】

〈	극	비	〉	결	국	언	젠	가
는	전	쟁	2	끝	날	것	2	다
왕	국	군	의	5	늘	상	6	작
전	은	비	록	성	공	했	겠	지
만	1	차	방	어	선	은	건	재
하	다	.	밤	시	간	,	쑥	덕
거	리	던	친	9	들	2	모	두
4	라	진	후	다	시	모	2	자
진	달	래	3	그	루	가	암	호

앙즈 거리의 완만한 언덕을 올라가면 왼쪽으로 십자가를 세운 첨탑이 보인다. 이 작은 교회는 15세기 전반 무렵에 세워졌다고 한다.

장엄하거나 화려하지 않은 소박한 교회이지만 햇살이 3장의 스테인드글라스를 통과하여 예배당 바닥을 수놓는다.

낡은 아치문을 빠져 나오면 아담한 뜰이 있고 구석에 있는 작은 분수에서 물이 졸졸 흘러나온다.

파이프 오르간의 음색이 열린 문 안쪽에서 희미하게 들려오더니 잠시 뒤 멎었다.

교회 안에는 예배당과 안치소, 그리고 뒤쪽에는 묘지가 있다.

➡ 안치소로 간다. → 220으로

➡ 예배당으로 간다. → 288로

➡ 묘지로 간다. → 43으로

101

당신은 파란 쪽은 자신의 것으로 두고, 빨간 쪽을 늑대인간에게 건넸다.

"잠깐, 그 파란 사과를 내놔!"

"둘 다 똑같다고."

둘은 사과를 바꿨다. 늑대인간은 조용히, 무언가 비밀스러운 힘에 조종당하고 있는 것 같았다.

당신은 사과를 베어 물었다. 그 모습을 보고 늑대인간도 사과를 베어 물었다.

이상한 광경이었다. 달의 언덕에서 늑대인간과 마주 보고 사과를 먹고 있다니. 살아있다는 느낌은 들지 않고 꿈속에 있는 것 같았다.

사과를 삼킨 순간 강렬한 수마가 덮쳐왔다. 도저히 서 있지 못할 정도였다.

"당했다…."

멀리서 시계탑의 종소리가 울렸다.

22시.

그 부드러운 음색에 이끌리듯, 당신은 다리에 힘이 풀리면서 땅 위로 넘어져 잠이 들었다.

늑대인간은 사과를 다 먹고는 조용히 잠들어 있는 디저트를 물어뜯었다.

GAME OVER

102

당신이 교회에 도착했을 땐 많은 사람이 아치형의 문을 통과해 귀가하던 중이었다. 마침 예배가 끝난 듯했다. 신부는 정원에서 신도들을 배웅하고 있었다.

신부는 당신에게 가볍게 인사를 하고는 무표정으로 중얼거렸다.

"또 말도 안 되는 사건이 일어나고 말았습니다."

"네…. 제임스 씨는 평소에도 교회에 자주 왔나요?"

"아니요. 그는 축제날 같을 때만 잠시 들렀어요. 하지만 교회 문은 언제나 무료로 고쳐줬습니다. 하느님께 돈을 받을 순 없다고 하면서요…."

➡ **안치소로 간다.** → 421로

➡ **예배당으로 간다.** → 11로

➡ **묘지로 간다.** → 340으로

> 아래의 도서는 반납 기간이 지났습니다.
> **빨리 반납하시길 바랍니다.**
> — 우크메르 도서관 사서 엘시 라키아
>
> • 『건강해지는 100가지 방법』 미셸 피스코 씨 13일 연체
> • 『요리의 진수 애정편』 펠릭스 코른 씨 10일 연체
> • 『멋진 반지』 파타피 진 씨 8일 연체
> • 『재미있는 수수께끼』 니모 그라파 씨 23일 연체
> • 『전쟁의 역사』 미카엘 풀케 씨 2일 연체

"멋진 반지라…, 신문에 실렸던 도난 당한 보석하고 관련이 있는 걸까?"

【단서 E에 '멋진 반지', 지시 번호 E에 8이라고 기입】

104

교회에는 많은 신도가 신부의 설교를 들으려고 모여있었다. 예배당에서는 신부가 한 손에 성경을 들고 설교를 하고 있으며 신도들은 그의 말을 귀 기울여 듣고 있었다. 수사를 진행할 수 있는 상황이 아니다. 당신이 예배당에 입구에 서서 갈팡질팡하고 있는데, 보석상을 운영하는 파타피 진이 교회로 들어왔다.

➡ 파타피와 이야기한다. → 39로

105

봄 햇살이 내리쬐자 언덕 표면에는 연보랏빛의 꽃이 피기 시작했다. 그 주변에서는 작은 호랑나비들이 춤을 추고, 그 뒤쪽 숲에서는 작은 새들의 노랫소리가 들려왔다. 하늘은 구름 한 점 없이 파랗게 개어있고, 풀과 흙이 머금고 있던 촉촉한 냄새가 산들바람을 타고 날아 들었다.

달의 언덕은 평화 그 자체였다.

➡ 달의 언덕에 오른다. → 203으로

➡ 단서 q, t, u에 관해서 수사한다. → 105에 지시 번호 q, t, u를 모두 합한 숫자에 해당하는 단락으로

【찢어진 조각을 완성해 α+β의 번호에 해당하는 단락으로】

- 상행/하행 각각 정확히 시간순으로 나열한다.
- 상행과 하행은 동시에 출발하지 않는다.
- 상행/하행 둘 다 같은 시간대에 2대 이상 출발하지 않는다.

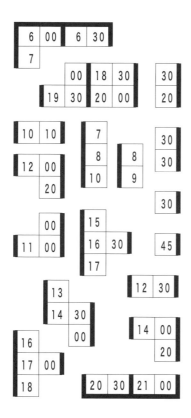

상행	하행
α	β

달의 언덕에는 오늘도 상쾌한 바람이 불고 있다. 북쪽을 보니 멀리까지 길게 뻗은 구름을 배경으로 시계탑이 장엄하게 서 있었다. 연쇄살인사건이 일어나고 있는 마을이라고는 도저히 상상할 수 없는 평화로운 풍경이었다.

➡ 단서 W에 관해서 수사한다. → 107 + 지시 번호 W

108 ↪ 373

발견했을 때 열쇠가 풀려 있었다던 창문이 이건가요?"

"맞아. 창문은 닫혀있었지만 그 열쇠가 풀려 있었지. 그 창을 여는 일은 거의 없거든."

"신문에 있는 대로 보석이 없어진 걸 발견한 게 어젯밤 23시경이었죠? 그즈음 비가 왔을 겁니다. 창문이 닫혀있었다고 하셨는데, 창가는 젖어있었나요?"

"아니…. 그러고 보니 젖어있지는 않았어."

"어젯밤 비가 내리기 시작한 건 21시경이에요. 만약 범인이 21시 이후에 이 창문으로 드나들었다면 창가는 젖어있었을 겁니다. 범행이 일어난 시간은 비가 내리기 전이었다는 거죠."

"내가 20시쯤에 이 방에 들어 왔을 때 이상한 점이 없었어."

"그렇다면 범행 시각은 그 직후인 20시 대라는 얘기네요. 그 시간에 이 창문으로 도망친 범인의 행적을 좇아가 보죠."

【단서 F에 '범행 시각', 지시 번호 F에 20이라고 기입】

109 ↪ 114

이거 큰일이네요. 제가 집까지 모셔드릴게요. 집이 어디예요?"

"그렇구먼. 할아버지는 이미 천국에 갔겠지….'

귀가 조금 어두운 것 같았다. 당신은 큰 목소리로 말했다.

"손녀분 집이 어디냐고요?"

"그렇게 크게 말하지 않아도 다 들린다고. 우리 손녀 집은….'

→ 213으로

110

당신은 마을 서쪽에 있는 '달의 언덕'이라 불리는 작은 언덕에 올라 마을을 내려봤다. 이 평화롭고 작은 마을 어딘가에 코냑 씨의 보석을 훔친 괴도88이, 그리고 해리 카샤사를 비참하게 살해한 늑대인간이 숨어있다.

107
108
109
110
111
112

111 ↪ 47

"맞아! 바람의 요정은 괴물이 싫어하는 바람을 불러일으킬 수 있다고 했지. 좋았어. 틀려도 본전이라고!"

당신은 요정의 언어로 주문을 외웠다.

➜ **악항퉁시해셔마물서다 → 66으로**

➜ **사셜퉁시해셔탄물서다 → 406으로**

➜ **악리퉁시해셔마물서다 → 131로**

112

언덕 위에는 곡예사인 마리 크미스가 있었다. 오늘도 마을을 관광하고 있는 모양이다.

당신이 마리가 있다는 사실을 알아챔과 동시에 마리도 당신 쪽을 보았다.

"어머, 탐정님. 이런 곳에서 만나다니 신기하네요. 이 마을은 정말 좋은 곳이에요. 이 언덕에 올라오면 마을과 시계탑까지 한 눈에 보이죠. 멋진 풍경이에요!"

마리는 이 언덕이 무척 마음에 든다는 듯 이렇게 말했다.

"이제 교회에도 가보려고요! 화려해보이진 않지만 역사가 깊어서 우아한 정취를 풍기네요."

➜ **단서 N에 관해서 수사한다. → 112 + 지시 번호 N**

➜ **단서 R에 관해서 수사한다. → 112 + 지시 번호 R**

113 ⮎ 148

당신은 시계탑에서 나와 회중시계 바늘이 가리키던 뇨르드 다리로 향했다. 뇨르드 다리는 우크메르 마을에서 2번째로 낡은 목조 다리이다.

"프리츠 씨는 빌 강 부근에서 산책하던 모습이 자주 목격됐어. 분명히 이 뇨르드 다리에 특별한 감정이 있었던 거야!"

당신은 강둑을 내려가 빌 강가에서 뇨르드 다리를 올려봤다. 다리 기둥에 누군가가 남긴 흔적을 발견했다.

"1864…6…24… 1864년 6월 24인가? 이날 무슨 일이 일었던 거지? 도서관에 가면 옛날 신문을 볼 수 있을지도 모르겠군."

【단서 e에 '기둥의 흠집', 지시 번호 e에 24라고 기입】

114

헤이드룬 거리에서 달의 언덕으로 향하는데 언덕 기슭에서 지팡이를 짚은 노파가 어찌할 바를 모르고 있었다.

"할머니, 왜 그러세요?"

"그게, 손녀 집에 가다가 도중에 길을 잃었지 뭔가…."

➡ 할머니를 돕는다. → 109로

➡ 모른 체하고 언덕을 오른다. → 399로

115 ⮎ 58

몸을 숙여 책장 밑으로 손을 뻗으니 금속 파편이 손끝에 닿았다. 손으로 더듬어서 잡아당겼다. 그것은 폴린이 지니고 있던 'A' 모양의 배지였다.

"A…? 정말 폴린의 성, 아락에서 딴 A일까…?"

116 ⮎ 302

"무슨 일 있습니까?"

"요즘 이 주변에서 이상한 남자가 어슬렁거려서 말이야."

"응. 다부진 체격에 눈빛도 보통이 아니야. 분명 군인일 거야. 정말 별로라니까. 이렇게 평화로운 마을에도 전쟁의 그늘이 드리워진 것 같은 느낌이거든."

➡ 손님에 관해서 묻는다. → 276으로

➡ 단서 N에 관해서 수사한다. → 116 + 지시 번호 N

117 ↪ 157

"**어**제는 집에 안 계셨나 봐요."

"그럼 안되나?"

"아니요. 어디에 계셨나 해서요."

"어제는 가게를 닫고 온종일 마을을 산책했어. 뭔가 문제라도 있나?"

"그러셨군요…."

118 ↪ 248

물의 요정은 광활한 바다의 파도에서 나타나는 요정이다. 바닷가 마을인 시시 등에서는 항구를 지키는 정령으로 추앙받고 있다. 아름다운 여성의 모습을 하고 있으며 어부를 사랑하거나 저주를 걸어서 죽이는 일도 있다고 한다.

119 ↪ 355

"**이** 그림은 왜 이 레스토랑에 있는 건가요?"

"글쎄요…, 이 가게를 오래 다닌 단골이라면 알고 있을까요?"

"오래 다닌 단골?"

"음. 예를 들면 니모 촌장님이나…."

120 ↪ 107

밤시간. 당신은 달의 언덕의 완만한 경사면 수풀에 몸을 숨기고 있었다. 언덕 정상 근처에는 건장한 체격의 인물이 이미 누군가를 기다리고 있었다. 아마도 저 사람이 미카엘 풀케일 것이다.

잠시 후 반대편 경사면을 오르는 그림자가 보였다.

113
114
115
116
117
118
119
120

당신은 수풀 뒤에 숨어있다가 그 모습을 보고는 무심코 소리를 지를 뻔했다.

→ 337로

121 ↪ 285

"**이**야…, 이 시계탑은 아주 멋있네요."

"…"

"특히 태엽 인형의 움직임이 독특해서 좋네요."

"그런가?"

"좀 더 가까이에서 보고 싶은데…."

"3층으로 올라가는 길도 있고 창문도 있기는 한데, 인형은 각도가 달라서 잘 안 보여."

122 ↪ 57

"**공**작은 지켜냈지만, 괴도는 놓쳤습니다…."

"괜찮아. 무사해서 다행일세. 그나저나 괴도도 나타나고 늑대인간도 나타나고…, 이 마을은 이제 어떻게 되는 건지 모르겠구만…."

"마음 단단히 먹으세요, 촌장님. 제가 반드시 이 사건을 해결하겠습니다."

그러나 촌장은 이미 기분이 나빠졌는지 눈을 감고 작게 끄덕일 뿐이었다.

123 ↪ 354

"**무**슨 근심이 있는 얼굴인데 무슨 일 있었나요?"

"아, 그게…. 아까 마차로 마을을 돌아보던 중에 달의 언덕 근처에서 길을 헤매고 있는 할머니를 봤어요. 그런데 손님이 있어서 마차를 세울 수가 없었거든요…."

"그렇군요. 제가 한 번 가볼게요."

"고맙습니다. 저는 다음 휴식시간까지 꽤 기다려야 해서요…."

"괜찮아요. 파스칼 씨는 상냥하네요."

124 ↪ 327

"**마**리 씨는 어떤 곡예를 하나요?"

"이것 저것 하죠~ 공타기나 줄타기, 수갑을 차고 상자에서 탈출하기 같은 거?"

"도구는 직접 관리하는 건가요?"

"작은 도구는 그렇죠. 연습할 때 써야 하니까요."

➡ 상자에서 탈출하는 곡예에 관해서 묻는다. → 392로

125

문지기는 새 박제가 잔뜩 장식된 객실로 안내했다.

코냑 씨는 원래 뒤끝이 없는 성격인 것처럼, 도난 당한 보석 '갇힌 사과'는 이미 포기한 듯 보였다.

"진짜 니모 촌장님도 무사히 찾아 주다니, 정말 대단하군! 아하하!"

코냑 씨는 당신에게 호화로운 음식을 대접했다.

➡ 전설의 무녀에 관해서 묻는다. → 319로

➡ 단서 r에 관해서 수사한다. → 125 + 지시 번호 r

"**폴**린은 최근에 마을로 들어온 군인, 미카엘 풀케의 움직임을 쫓고 있었다고 하던데. 촌장님은 뭔가 알고 계신 거 없으세요?"

"음…, 관계가 있을진 모르겠는데, 개를 데리러 갔을 때 말이야. 검은 개가 책상에 있던 이 수첩을 물고 놓질 않아서 그냥 가져와 버렸어."

"수첩?"

"이 걸세. 아직 펴보진 않았지만…."

촌장은 팔을 뻗어 옆 테이블에 있던 검은색 수첩을 집어 당신에게 건넸다. 수첩에는 종이 한 장이 끼워져있었고 타자기로 다음과 같이 쓰여 있었다.

'포토루시 왕국군의 극비 계획을 습격하는 중요한 작전이다. 그 비밀을 캐내서 고발한다. 민중이 일어나면 전쟁은 끝날 것이다.'

폴린이 쓴 걸까?

당신은 검은색 수첩을 펼쳤다.

➡ 검은색 수첩을 펼친다. → 99로

코냑 씨는 당신을 객실로 안내했다. 광택이 나는 1인용 가죽 소파에 몸을 파묻고 두꺼운 시가를 뻑뻑 피웠다. 컬렉션 룸과 똑같이 객실에도 동물 박제가 많이 놓여 있다. 특히 조류의 박제가 많은 것 같았다.

➡ 코냑 씨의 이야기를 듣는다. → 294로

➡ 박제에 관해서 묻는다. → 301로

➡ 단서 Y에 관해서 수사한다. → 127 + 지시 번호 Y

약지 【심신의 안정】

극도로 긴장하거나 이유 없이 초조해져서 원래의 힘을 발휘할 수 없었던 경험이 있습니까? 그럴 땐 오른손의 약지에 반지를 껴 봅시다. 신기하게도 마음이 평온해지고 침착해질 것입니다. 당신은 분명 그 릴랙스 효과에 놀랄 것입니다.

하지만 너무 편안해지면 졸릴 수도 있으므로, 지쳐 있을 땐 주의가 필요합니다.

약지와 관련 있는 행운의 번호는 34입니다.

필름에는 2장의 사진이 찍혀있었다.

【수수께끼를 풀고 나타난 숫자의 단락으로】

마도사　승려　기사　무녀　농민　사냥꾼　사공　무희

문지기는 순간 위협적인 눈빛으로 당신을 바라봤지만, 탐정이라는 것을 알고는 빙긋 웃으며 말했다.

"어서 들어오세요, 어서요. 사양하지 말고. 코냑 님도 안에서 기다리고 계십니다."

당신은 문지기의 안내를 받으며 안쪽 방으로 이어진 긴 복도를 걸어갔다.

벽에 걸려있는 그림, 화려한 가구나 일상적인 소품에서도 코냑 씨가 이런 작은 마을에는 어울리지 않는 대부호라는 걸 알 수 있었다.

가장 안쪽에 있는 방은 다른 방보다 더욱 화려하게 항아리나 목걸이, 반지 등의 보석이 반짝였고 새나 사슴의 박제가 장식되어 있었다. 이곳은 컬렉션 룸인 것 같았다.

끝이 말려 올라간 콧수염이 인상적인 통통한 코냑 씨(31 페이지 참조)는 허둥지둥 당신을 맞이했다.

"오, 오셨구만. 내 보물을 도둑 맞았어."

"처음 뵙겠습니다, 코냑 씨. 보석이 도난 당했다는 건 신문에서 봤습니다. 자칭 괴도라는 자가 나타났다고요…?"

"맞아. 이게 그 놈이 놓고 간 카드야."

코냑 씨는 수염을 가볍게 한 번 만지고는 당신에게 작은 카드를 내밀었다.

➡ **카드를 읽는다. → 244로**

"악리퉁시해셔마물서다!"

당신은 요정의 언어를 외쳤다.

하지만 기분 좋은 산들바람 미풍이 당신의 뺨을 어루만질 뿐이었다.

늑대인간은 맹렬한 기세로 당신을 덮쳤다. 당신은 아무런 저항도 하지 못한 채 괴물의 먹이가 되고 말았다.

GAME OVER

132

"그래서 뭔가 진전은 있었나?"

"괴도는 메르그 호수 쪽으로 도망친 것 같습니다. 안타깝게도 그것 말고는 밝혀진 게 없습니다."

"기분 나쁜 괴도 녀석! 그놈 때문에 전통있는 미스 콘테스트도 중지됐잖아!"

코냑 씨는 재떨이에 시가를 꾹꾹 짓이겨 불을 껐다.

➡ 바뀐 게 없는지 묻는다. → 234로

➡ 전쟁에 관해서 묻는다. → 221로

➡ 단서 L에 관해서 수사한다. → 132 + 지시 번호 L

133 ↪ 93

신문에는 오늘 일몰 시각이 19시라 나와 있었다. 서쪽 하늘을 보니 마침 지평선 뒤로 해가 넘어가고 있었다. 태양은 극히 일부분만 보였다. 당신은 사라져가는 태양을 바라봤다. 그리고 이윽고 완전히 해가 사라져 버렸다. 일몰 시각인 19시다.

하지만 시계탑의 종이 울리지 않는다. 시계탑을 올려보니 시계 바늘은 아직 18시 30분을 가리키고 있었다.

당신은 갑자기 뭔가 떠올랐다.

프리츠 키르쉬가 살해당했을 때, 시체가 종에 걸려있었다. 그 무게가 태엽에 전해져 시계가 이상해진 것이다.

"5월 13일 밤부터 시계탑은 30분 늦춰져 있었어. 그러니까 시계탑을 보고 움직이던 파스칼의 마차도 다음날 14일에는 30분 늦었던 거야! 살해당한 자리 박사는 평소에 손목시계를 차고 있었으니까 자리 박사의 손목시계와 파스칼의 마차는 30분의 차가 있었다는 거지."

당신은 시계탑의 변화를 바로 촌장에게 알렸다. 예전에 시계탑 관리인이었던 니모 촌장은 몇십 년 만에 태엽을 조절하고 시간을 정확하게 맞춰놓았다.

【단서 u에 '고장 났던 시계탑', 지시 번호 u에 30이라고 기입】

【중요한 기록란 30에 '마차는 5월 14일부터 30분 늦게 운행됐다'라고 기입】

"**탐**정 양반, 수사는 어떻게 되고 있는가?"

코냑 씨는 시가 연기를 천천히 내뿜었다.

➡ 단서 ℓ에 관해서 수사한다. → 134 + 지시 번호 ℓ
➡ 단서 ℓ에 기입한 것이 없을 경우 → 179로

135

메스카 수리점을 찾아갔을 때 제임스 메스카의 아내인 유마가 가게 셔터를 열고 벽에 무언가 붙이고 있었다.

> 유마 메스카 수예공방

"어, 유마 씨. 이게 뭔가요?"

"어머 탐정님. 후후, 저 수예공방을 열어볼까 하고요⋯."

"그렇군요! 유마 씨는 수예를 잘 하시나 보네요."

"결혼하기 전에는 이걸로 돈을 벌었죠. 계속 슬퍼하고만 있으면 천국에 있는 제임스에게 꾸중 들을 것 같아서요!"

136 ↪ 202

"**점**괘가 나왔나요?"

당신은 목소리를 낮춰 안나에게 물었다. 안나도 목소리를 낮춰 답했다.

"네 해봤어요! 어젯밤 9시쯤부터 점을 치려고 방에서 끙끙대고 있었는데 아무런 변화가 없어서 포기하고 잠들었거든요. 그랬더니 이상한 꿈을 꾼 거예요. 제가 엄청난 화염에 휩싸였거든요. 꿈인데도 뜨겁다고 느낄 정도였다니까요! 그리고는 불꽃이 나한테 말하는 거예요. 마을 사람 중 한 명의 정체를 알려주겠다고요! 왔구나 왔어! 싶더라고요. 그래서⋯"

"누구 점괘가 나오던가요?"

"엘시 씨요!"

"도서관 사서인 엘시 라키아?"

"네! 그 사람 상냥하긴 해도 마녀 같은 얼굴이잖아요? 아하하하."

"그래서 결과는 어떻던가요?"

"내가 엘시 씨를 점치고 싶다고 생각하자마자 불꽃이 나를 감쌌어요. 그런데 나는 아무렇지 않았죠. 해맑은 소녀처럼 귀여운 불꽃이었어요."

"그러니까 그 말은…?"

"엘시 씨는 평범한 여성이에요! 틀림없어요."

137

어제까지는 제임스가 가게 앞에서 위풍당당하게 수리를 하고 있었지만, 지금은 셔터가 닫혀있어 고요하다.

2층에 있는 아내의 방에선 희미한 불빛 하나가 새어나오고 있었다.

138 ↪ 12

"**요**즘은 어떤 연구를 하고 계시는가요?"

"아,, 그… 메르그 호수의 수질조사를 하고 있습니다. 헤헤헤."

"메르그 호수는 무척 깨끗한 용천수 같아요."

"맞아요. 단지 그 호수 물은 산과 당분이 많은 것 같아요. 암요."

"으음, 그 새콤달콤한 물을 노리고 요정이 나타나는 걸까요? 하하하."

"요정이라…, 헤헤헤. 도움이 될지는 모르겠지만. 도서관의 엘시 씨는 만났나요?"

"엘시 씨는 왜요?"

"그녀는 약간의 망상벽이 있다고나 할까요…? 아무튼 거짓말쟁이니까 조심하세요. 헤헤!"

"그렇군요…."

"아니, 뭐 그건 그렇고. 그것보다 제가 제일 힘을 쏟고 있는 발명품 좀 봐주시겠어요? 자, 이쪽이요. 헤헤헤."

박사는 그렇게 말하고는 당신을 다른 방으로 안내했다.

거기에는 이상한 형태의 날개를 펼친 거대한 새의 모형이 있었다.

"바로… 이, 이겁니다. 이 녀석은 날개를 펴고 하늘을 날 수 있어요. 증기 압축형 추진장치가 달려있죠. 이름하여 우조 소프터입니다! 헤헤."

"이야, 이거 대단한데요. 2인용이네요. 벌써 하늘을 날 수 있나요?"
"아… 아뇨, 그건 아직입니다. 하지만 곧 하늘을 날 거예요! 헤헤, 대단하죠?"

139 ↱ 112

"**마**리 씨, 실례지만 신발 사이즈가 어떻게 되나요?"

"24cm인데, 무슨 일이세요?"

"마을을 떠들썩하게 한 괴도가 흘린 것으로 보이는 구두를 발견했어요. 혹시 모르니 확인하려고요."

"아하, 구두 크기가 얼마였는데요?"

"27cm 입니다."

"전 그렇게 발이 크지 않아요!"

140

당신이 가게에 들렀을 때, 제임스 메스카 (22 페이지 참조)는 가게 앞에서 휘파람을 불며 고삐와 재갈을 수리하고 있었다.

"안녕하세요?"

"좋아, 이제 여기만 고치면 되겠군. 후후. 이 재갈 사슬이 부러졌었나 보네!"

그는 수리에 집중한 나머지 당신이 와있다는 걸 모르는 것 같았다.

"바쁘신데 죄송합니다."

"응? 어, 왔나…? 이런, 부품이 다 떨어져 버렸구만."

"그건 고삐인가요?"

"으응, 파스칼에게 부탁받아서. 녀석이 좋아하는 고삐야. 서둘러달라고 해서 손을 놓을 수가 없어."

아무래도 고삐 수리가 끝나지 않으면 제임스에게서 이야기를 들을 수 없을 것 같다.

➡ 수리를 돕는다. → 290으로

➡ 수리를 부탁한다. → 416으로

➡ 단서 D에 관해서 수사한다. → 140 + 지시 번호 D

139
140
141
142
143

141 ↰ 70

파타피는 한 번 더 커피잔을 입으로 가져갔다.

창에서 쏟아지는 햇빛이 컵을 든 오른손 중지의 반지에 비쳐 반~짝!하고 빛났다.

142

제임스 메스카는 어젯밤 7시경, 수리한다며 작업실에 틀어박혀 있다가 밤 11시경에 차를 내주려던 아내 유마에 의해 침실에서 쓰러진 채로 발견됐다.

"7시부터 11시 사이…, 범행 시각을 특정해서 알리바이를 수사하는 건 힘들겠는데…."

당신은 쓰러져 울고 있는 유마를 위로하고, 수사 허락을 받아 방으로 들어갔다.

➡ 제임스의 방으로 → 376으로

143 ↰ 183

"**혹**시, 취미 같은 건 없나요?"

"취미…, 취미라 할만한 것도 아니지만, 사진은 좋아해요. 하아…, 며칠 전에 카메라 다게르에서 중고 카메라를 샀거든요. 아 그러고 보니…."

"그러고 보니?"

"살해 당한 사람, 누구였더라? 아, 해리 씨…. 해리 씨도 종종 카메라를 들고 마을을 돌아다녔어요. 요새는 고장 났다던가 뭐라던가 하면서 안 들고 다녔지만. 후우~"

144

당신은 메스카 수리점으로 가서 제임스의 방에 들어갔다. 책상 위는 깨끗하게 정리되어 있었고 이틀 전에 놓여있었던 촛대나 저울은 보이지 않았다. 책상 안에도 특별한 건 없었다.

➡ **캐비닛을 조사한다. → 326으로**
➡ **책장을 조사한다. → 286으로**

145 ↳ 426

"**그**나저나 오늘은 만실인가 봐요?"
"다 탐정님 덕분이지. 만실이라고는 해도 원래 방이 2개뿐이지만! 하하하!"
"잠시 숙박부를 보여주실 수 있나요?"
"탐정님이 부탁하는 거니까. 수사에 협조하는 거야!"
마고는 그렇게 말하고는 숙박부를 당신에게 넘겼다. 오른손 검지에만 반지를 끼고 있었다.

```
5월 3일
마리 크미스 : 고양이 방

5월 4일
에드거 로제 : 부엉이 방
```

"마리는 관광하러 왔고, 에드거 씨는 여행하다가 이 마을에 들른 거라고 하더라고."

➡ **1층, 고양이 방으로 간다. → 327로**
➡ **2층, 부엉이 방으로 간다. → 45로**

146 ↪ 362

"**제**임스는 부지런한 사람이었어요. 의뢰했던 수리는 말할 것도 없고 반년에 한 번 하수로 청소를 할 때도 마을 청년단을 모아서 그가 지휘하곤 했어요."

147 ↪ 285

당신은 관리인 실에서 나와, 안쪽의 나선계단을 올라갔다. 2층 통로는 L자로 되어있어 통로 끝에서 오른쪽으로 돌아보면 왼쪽에 일정한 간격으로 작은 창문 3개가 나있었고 그 창문으로 마을을 한눈에 내려볼 수 있었다. 창문 밖으로 얼굴을 내밀면 저 멀리 냐마 산맥의 능선이 보였다.

통로를 좀 더 걸어가면 막다른 곳 우측에 문이 있었다.

시계추의 방

이라고 쓰여 있다. 문은 잠겨있는 듯 열리지 않는다.

➡ **3층으로 올라간다.** → 188로

144
145
146
147
148
149

148 ↪ 305

회중시계 뒷면에는 다음과 같은 글자가 새겨져 있었다.

"어디보자…. '이 시계를 완성하면 언제든 그때로 돌아갈 수 있다', 이 시계를 완성하면…?"

【수수께끼를 풀고 나타난 숫자의 단락으로】

149 ↪ 88

【수수께끼를 풀고 나타난 숫자의 단락으로】

2인조로 말살해라.

5 시 3 0 분 , 상 세 분 정 보 도 달 되 는 우 군 명 부 3 6 인 , 이 중 용 감 한 보 조 마 부 1 명 을 로 우 히 에 서 감 시 중 ! 한 달 전 , 신 상 무 전 기 1 개 를 6 개 로 만 들 었 고 , 조 용 히 있 었 다 !

가게 안에는 책상, 의자, 그리고 보석, 반지, 목걸이 등이 놓여져 있는 큰 테이블이 1개. 그것이 전부였다. 보석상이라고 하기엔 소박했지만 분위기는 차분했으며, 건물이나 가구는 오래됐지만 구석구석 잘 관리되어 있어 청결했다.

파타피는 창가에 있는 의자에 앉았다.

의자는 등받이에서 다리까지 깊고 섬세한 조각이 새겨져 있었고, 적당히 완만한 곡선의 팔걸이가 파타피의 팔을 받치고 있었다.

책상 위에 놓인 커피에서는 김이 피어오르고, 책 한 권이 반쯤 펼쳐진 상태로 놓여있었다. 조금 전까지 읽고 있었던 것 같았다.

"난 진품만 파는 주의라서…. 보다시피 물건 수는 많지 않아."

그렇게 말한 파타피는 커피를 한 모금 마시고는 책을 덮었다. 책 뒤표지에는 우크메르 도서관 장서의 도장이 찍혀있었다.

"때마침 멋진 루비 반지가 들어왔어. 분홍색인데 채도가 아주 높아. 냐마 광산에서 난 고급품이지. 게다가 이 반지의 모양은 아주 희귀하다고. 하나 어떤가?"

→ **70**으로

"**다**라니 시계탑은 어땠나요?"

"멋진 시계탑이에요~ 정각이 되면 태엽 인형이 나오는 게 특히 좋았어요!"

"**어**제 검은 개를 못 보셨나요?"

"검은 개? 아, 어제는 숙소에서 쉬고 있었는데…, 16시쯤 문득 창밖을 보니 검은 개가 힘없이 걸어가고 있었어요."

"어느 쪽으로 갔습니까?"

"캐트 시 거리 쪽에서 오더니 숙소 앞에서 방향을 꺾어서 릴리스 거리 남쪽으로 갔어요."

【단서 O에 '하티의 경로 1', 지시 번호 O에 16이라고 기입】

153 ↪ 127

"**그**런데 코냑 씨. 혹시…, 요즘 소문이 무성한 요정에 대해서 뭔가 아는 거 없으신가요?"

"요정? 음, 유감스럽게도 나는 요정을 본 적이 없어. 그래도 엘시는 예전에 요정과 사진을 찍은 적이 있다고 했지."

"엘시 씨가요?"

"그래. 내가 8살 때였지. 마을 사람들은 엘시를 거짓말쟁이라고 했지만 나는 믿었어. 그때가 그립군. 15세기였다면 분명 엘시는 마녀사냥을 당했을 거야. 하하하"

코냑 씨는 몸을 뒤로 젖히며 웃어댔다.

150
151
152
153
154
155
156

154 ↪ 125

"**코**냑 씨는 새를 좋아하시죠? "

"그럼. 보다시피 박제도 이렇게 많지 않나."

"새 중에서도 어떤 새를 말씀하시는 거죠?"

"이 마을에서는 새 하면 공작이라고!"

155

"**당**신도 정말 매일 질리지도 않는구만. 탐정에 아주 제격이야."

파타피는 그렇게 말하고 창가에 있는 의자에 앉았다.

"정말이지…, 매일 매일 무슨 용건이 있다는 건가? 난 늑대인간에 대해서는 아무것도 모른다고. 나는 선량한 마을 사람이니까."

➡ **공작이 있어야 할 장소에 관해서 묻는다. → 243으로**

156 ↪ 116

"**어**제 폴린의 애견 하티가 사라졌습니다. 마고 씨는 혹시 못 보셨나요?"

"하티라면 그 검은 강아지 말하는 거지? 난 못 봤는데."

157

"**뭐**야 당신이었군, 예약하고 오도록 해."

파타피는 바로 문을 닫으려고 했지만, 당신은 다시 말했다.

"늑대인간에 대해서 수사 하고 있어요! 협조 부탁합니다."

"흥! 어쩔 수 없구만. 그럼 잠깐 들어와."

➡ 어제 어디에 있었는지 묻는다. → 117로

➡ 파타피의 이야기를 듣는다. → 271로

➡ 고문서에 관해서 묻는다. → 171로

158 ↵ 45

"**어**젯밤, 바로 이 뒷골목에서 살인 사건이 있었던 걸 아시나요?"

"예, 물론이죠. 저는 방에서 쉬고 있었는데, 11시쯤에 갑자기 여자의 비명이 들려오는 바람에 놀라서 그쪽 창문 밖을 내다봤어요."

에드거는 캐트 시 거리 쪽의 창을 가리켰다. 오른손 약지에 반지 하나가 끼워져 있었다.

"그리고 뒷골목을 내려다 봤는데 한 남성이 처참한 모습으로 쓰러져 있었고…."

에드거의 얼굴이 파랗게 질렸다.

159 ↵ 401

당신은 방바닥 구석에서 반짝이는 물체를 주웠다. 5라트 동전이었다.

"왜 이런 곳에 5라트가…?"

당신은 5라트 동전을 구석구석 살폈다.

5라트 동전은 화폐치고는 드물게 중앙에 구멍이 나 있었다. 포토루시의 농업 발전을 의미하는 벼 이삭, 그리고 구멍 주변에는 공업의 발전을 의미하는 톱니바퀴가 새겨져 있었다.

160

'**보**석 진 제임스'는 피스핸드 거리 끝에 있는 아담하고 고상한 건물이었다.

노크하자 잠시 후 문이 조금 열렸고 그 틈새로 남자가 불쑥 얼굴을 내밀었다.

이 부리부리한 눈매를 가진 남자가 보석상 파타피 진(29 페이지 참조)이다.

"무슨 일인가?"

"안녕하세요. 처음 뵙겠습니다. 저는 사설 탐정…"

"그래서 용건이 뭐냐고?"

"저, 잠깐 여쭤볼 게 있습니다."

"… 좋아. 평소에는 예약을 하지 않으면 가게에는 못 들어오지만. 그런 사건도 있고 하니까."

그렇게 말한 뒤 파타피는 문을 활짝 열었다.

➡ **보석상 안으로 → 150으로**

157
158
159
160
161
162

161

어설프게 움직이다 반격을 당하면 목숨을 잃는다. 당신은 늑대인간에 집중해 틈을 노렸다.

그러나 몸이 떨리는 살기를 느낀 순간, 늑대인간은 엄청난 속도로 당신에게 달려들었다. 미처 저항할 겨를도 없이 날카로운 송곳니가 당신의 목에 꽂혔다. 살을 물어뜯기고 뼈를 갉아먹는 둔탁한 소리. 그것이 당신 생전에 들은 마지막 소리였다.

GAME OVER

162

보석상의 문을 두드렸지만, 아무런 답도 없었다. 당신은 가게 오른편으로 돌아 창문으로 안을 들여다봤다. 가게 안은 어두웠고 인기척도 없었다. 다시 한 번 문을 노크하고 손잡이를 돌려 보았지만 잠겨있어 열리지 않는다.

아무래도 파타피는 부재중인 것 같았다.

저녁 늦은 시간, 당신은 달의 언덕에 오르며 달빛에 비친 다라니 시계탑을 바라보았다.

달이 가장 높이 뜨는 시각은 22시. 이제, 5분 후면 22시가 된다.

주위는 정적에 휩싸여 있었다. 발끝을 보니 달빛 아래서 창백해진 땅 위에 당신의 그림자가 뚜렷하게 생겨있었다. 그리고 그곳에 또 다른 그림자가 겹쳐졌다.

깜짝 놀라서 돌아보니 그곳에는 털이 부숭부숭한 괴물이 붉은 눈을 번뜩이고 있었다.

늑대인간이다.

➡ 단서 x에 관해서 수사한다. → 163 + 지시 번호 x

➡ 단서 x에 기입한 것이 없을 경우 → 87로

164

가게 안은 어두웠고 문에는 자물쇠가 채워져 있었다. 파타피는 아무래도 외출 중인 듯했다.

165

당신은 시계탑에 있는 관리인 실에 왔다.

프리츠 키르쉬가 살해 당한 지 이틀도 안 됐는데, 벌써 열쇠 걸이에는 거미가 거미줄을 쳐 놓았다.

열쇠 걸이에는 2층 시계추의 방, 3층 태엽의 방 열쇠가 걸려있다.

'그렇군, 죽은 프리츠 씨의 옷에 들어 있던 열쇠를 신부님이 갖다 놓은 모양이네.'

당신은 열쇠를 손에 쥐었다.

➡ 밖에서 시계를 바라본다. → 93으로

➡ 시계추의 방으로 간다. → 89로

➡ 태엽의 방으로 간다. → 401로

166 ↩ 225

"**시**계탑이 멈췄다…."

"그렇네. 그날은 정말 소란스러웠어. 프리츠가 시계탑을 멈춰서…. 니모 촌장이 젊었을 때 시계탑 관리인이기도 했으니 망정이지, 촌장이 대신 시계탑을 조절하러 갔는데…."

"이 날 태어난 아이는 누구예요?"

엘시는 한순간 슬픈 표정으로 바뀌어 한숨을 섞어가며 이야기했다.

"그 아이는…, 얼마 지나지 않아 누군가에게 유괴됐는데…. 프리츠의 부인도 마음의 병이 깊어져서 죽어 버렸어. 프리츠는 필사적으로 그 아이를 찾았지만 결국 찾지 못했지…. 그때부터였어. 프리츠가 저토록 사람을 싫어하게 된 게…."

【단서 f에 '키르쉬 부자', 지시 번호 f에 34라고 기입】

163
164
165
166
167
168

167

맑은 날 멀리서 시계탑을 바라보면 첨탑의 청동과 연한 색의 하늘과 구름이 수채화처럼 아름답게 멈춰있는 것처럼 보인다. 다가가면 정교한 조각과 첨두 아치의 창문, 그리고 지붕 끝에 장식된 우아한 장식이 각도에 따라서 다른 표정인 듯 보이기 때문에 결코 지루할 틈이 없다.

➡ 시계탑에 들어간다. → 02로

➡ 단서 c에 관해서 수사한다. → 167 + 지시 번호 c

168 ↩ 196

엄지 【신념】

신념을 관철하고 싶을 때는 오른손 엄지에 반지를 끼워 보세요. 무언가를 결심하거나 교훈을 마음 깊이 새겨도, 시간이 지날수록 마음이 흔들리는 것은 누구나 똑같습니다. 그럴 때에 이 손가락에 반지를 끼고 있으면 당신의 마음은 대지에 강하게 뿌리를 내린 큰 나무처럼 굳게 서서 어떤 어려움에도 신념을 고수하며 대처할 수 있습니다. 다만 신념을 관철하는 것과 제멋대로 구는 것은 다르므로 주의하세요.

이 손가락과 관련 있는 행운의 숫자는 28입니다.

이야기를 좀 더 자세히 듣고 싶은데 목소리가 작아서 들리지 않는다. 그렇다고 더 접근하는 것은 너무 위험하다. 시간이 어느 정도 지나자 두 사람은 이야기를 마치고 각각 다른 방향으로 흩어졌다. 군인이 이쪽으로 오고 있다. 이대로라면 발각되고 만다.

그렇게 판단한 당신은 숲에서 뛰쳐나와 잽싸게 도망쳤다. 군인 미카엘은 순간 주춤했다가 이내 주머니에서 꺼낸 권총을 난사했다.

필사적으로 마을을 빠져나와 간발의 차로 군인의 추적으로부터 달아난 당신은 숙소에 도착하자 곧바로 침대에 쓰러졌다.

'위험했어…, 그런데 왜 자리 박사가 군인과 늑대인간에 대한 이야기를 하고 있었던 걸까?'

170

마을의 북서쪽, 완만하게 경사진 쿠단 거리를 올라가면 막다른 곳에 위풍당당히 솟아 있는 건물이 다라니 시계탑이다.

이 시계탑은 꽤 역사가 깊어 14세기경에 만들어졌다고 한다.

고대 포토루시어로 '다라니'는 '보고 기억한다'라는 뜻으로 그 이름대로 시계탑은 오랜 세월 동안 이 마을 사람들을 지켜왔다.

실제로 우크메르 마을 어디에서든 대부분 다라니 시계탑을 볼 수 있으며, 이 마을에서는 누구나 시간을 확인할 때 이 시계탑을 올려다본다. 일일이 회중시계를 주머니에서 꺼내는 사람은 없다.

시계탑은 3층 구조로 되어 있다. 원래 외적으로부터 마을을 지키는 감시 탑의 역할도 했었던 것 같지만, 평화로운 이 마을에서는 그런 역할이 금방 잊혀졌다.

석조 외벽의 완강함과 하늘을 찌를 듯한 첨탑은 가까이서 보니 무척 박력 있었다. 매시 정각마다 부드러운 음색의 종이 울리고 섬세한 태엽 인형이 움직여 마을사람들을 즐겁게 해줬다.

이 태엽 인형은 15세기 중엽 떠돌이 장인이 만들었다고 한다.

당신은 그 시계탑의 큰 문을 지나 관리인 실로 향했다.

➡ 관리인 실로 → 285로

171 ↩ 157

"**무**녀가 남긴 고문서에 대해 뭔가 알고 계십니까?"

"고문서? 도서관에 있던 무녀의 고문서라면 내가 빌렸었는데 오늘 아침에 반납했지. 신화에 관한 책이라고 생각해서 연구해봤는데, 아무래도 잘못 짚은 것 같아."

"뭔가 적혀 있었습니까?"

"예언이었지…. 도움이 될진 모르겠지만, 무녀는 이 마을을 방문했던 떠돌이 장인을 사랑했던 것 같아."

"떠돌이 장인이요? 석판에 대해서는 쓰여 있지 않았습니까?"

"석판? 그런 건 보지 못한 것 같은데."

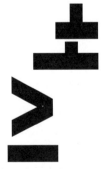

172

관리인 실에 프리츠는 없었다. 당신은 2층으로 올라가 복도를 걷다 시계추의 방에서 나온 프리츠와 부딪쳤다.

"뭐야, 또 당신이야?"

프리츠는 당신의 앞을 지나 1층으로 내려갔다. 그대로 관리인 실로 들어가서는 의자에 털썩 앉아 신문을 펼쳤다.

➜ 신문에 관해서 묻는다. → 85로

173 ⤴ 48

주운 종잇조각에는 이렇게 쓰여 있다.

> 검지와 엄지로 새를 잡아, 날개 치게 하라.

【수수께끼를 풀고 나타난 문장에 포함된 숫자의 단락으로】

174

당신은 다라니 시계탑의 문을 열었다. 항상 기분 나쁜 듯한 프리츠 키르쉬의 표정은 두 번 다시 볼 수 없다. 하지만 어젯밤 비참한 광경은 마음 속 깊이 각인되었다.

"늑대인간 녀석… 그래. 어젯밤 현장으로 가보자."

당신은 계단을 올라, 지붕으로 향했다.

➜ 지붕에 오른다. → 305로

175

반전 조직 아리스토의 스파이였던 폴린 아락. 그녀는 자리 우조 박사의 무도한 계획을 조사하고 있었음이 틀림없다. 하지만 그것이 설마 늑대인간을 만드는 계획이라고는 생각지도 못했을 것이다.

당신은 이 사건을 해결한 후 마을에서 탈출했을 때 무서운 늑대인간 계획의 전모를 고발하기로 다짐했다.

176 ↩ 132

"**코**냑 씨, 무녀의 무덤에 대해서 뭔가 알고 계신 가요?"

"무녀의 무덤…? 그게 도둑맞은 보석과 무슨 관계가 있다는 거지?"

"꼭 그렇다곤 할 수 없지만…."

"흐음, 뭐 좋아. 무녀의 무덤이라…. 예전에 도서관에 기증한 책에 그것에 관해서 쓰여있던 것 같은데…."

"어떤 책이었는지 기억하시나요?"

"총 3권의 책이었던 것은 기억하고 있는데…."

코냑 씨는 미간을 찌푸리고 입을 앙다물고는 잠시 생각해보겠다고 말했다.

"분명…, 커버를 벗기면 내용과 타이틀을 알 수 있는 책이었어…. 그 정도밖에는 생각나는 게 없군! 뭐, 옛날부터 찾는 건 의외로 가까이 있다고들 하잖나! 으하하하하하!"

【중요한 기록란 8에 '코냑 씨의 기증 도서는 커버를 벗기면 내용과 제목을 알 수 있다'라고 기입】

당신이 어제 저녁 하티를 집에 데려다 줬을 때 폴린은 살아있었다. 무사히 돌아온 하티를 온몸으로 끌어안고는 용감하게 괴도에 맞선 그 개를 몇 번이고 쓰다듬었다. 그리고 몇 시간 후 그녀는 늑대인간에게 습격당했다. 집은 조용했다.

신문에 의하면 3마리의 개는 촌장이 맡은 것 같았다. 당신은 폴린의 방으로 들어갔다.

→ 58로

새끼손가락 【자신감】

소극적이라 자신을 제대로 어필하지 못하는 사람은 오른손의 새끼손가락에 반지를 껴 봅시다. 자존감이 높아져 남을 불쾌하게 하는 일 없이 자연스럽게 본인의 매력을 상대방에게 전달할 수 있게 됩니다. 좋은 반응은 새로운 좋은 반응을 낳습니다. 한 번 일이 순조롭게 진행되면 흐름은 선순환으로 바뀝니다. 새끼손가락에 낀 반지는 그 첫걸음이 되는 '자신감'을 갖게 하는 효과가 있습니다. 하지만 너무 우쭐하지 않도록 주의하세요.

이 손가락과 관련 있는 행운의 숫자는 11입니다.

"괴도를 곧 잡을 겁니다."

"오, 그런가! 기대하고 있겠네!"

180

애견가인 폴린 아락(30 페이지 참조)은 갑자기 찾아온 당신을 따뜻하게 맞이해 주었다.

어쩐지 폴린은 막 나가려던 찰나인 것 같았다. 그녀는 갈색 베레모를 쓰고 가슴에 'A' 모양의 배지를 하고 있다.

"외출하시는 길에 갑자기 찾아와서 죄송합니다."

"아아, 괜찮아요! 그런 사건도 있었는데 뭐. 수사에 협조하는 게 마을 사람된 도리 아니겠어요! 오호호호!"

하티, 스콜, 마나라는 3마리의 개가 계속 당신과 폴린의 다리 사이를 왔다갔다 했다.

사건에 대해서 묻고 싶지만, 폴린은 수다쟁이인데다 애견들의 순진하고 귀여운 일화를 자랑하고 싶어 하므로 주의가 필요하다.

➡ 복장을 칭찬한다. → 92로

➡ 단서 D에 관해서 수사한다. → 180 + 지시 번호 D

➡ 단서 H에 관해서 수사한다. → 180 + 지시 번호 H

"**에**드거 씨는 왜 여행을 하고 있는 건가요?"

"네. 제 부모님과 출생지를 찾으려고 여행을 하고 있습니다. 포토루시 지방인 건 틀림없는 것 같아요."

"힘든 여행이네요. 하지만 이 지방에 로제라는 성은 드물어요. 성으로 조사해 보면 금방 찾을 수 있지 않을까요?"

"실은 로제는 제 본명이 아닙니다. 여행의 신 로제스에서 따와서 스스로 붙인 이름이에요. 진짜 성은 저도 모릅니다."

"에드거라는 이름은요?"

"어릴 때부터 갖고 있던 손수건에 에드거라는 이름이랑, 생일로 추정되는 날짜가 수놓여 있었습니다. 어머니가 수놓으신 거라고 믿어요."

"그 날짜는 며칠입니까?"

"6월 24일입니다"

당신은 폴린 집의 초인종을 눌렀다. 문을 연 폴린의 얼굴은 파랗게 질려있었고 머리는 엉망으로 흐트러져있었으며 눈은 시뻘겋게 충혈되어 있었다. 넋을 잃은 그녀의 이야기는 지리멸렬했지만 요지는 어제 산책 중에 애견 하티가 없어졌고 그 이후로 돌아오지 않은 것 같았다. 울부짖는 듯이 모든 말을 쏟아낸 그녀는 풀이 죽어서 소파에 몸을 기댔다.

"그 아이…. 지금쯤 배가 고파 죽었을지도 몰라…. 아아!"

"하…하하. 하루 정도는 안 먹어도 괜찮아요."

"스콜이 나갈 예정이었던 미스 콘테스트도 중지됐고…."

폴린은 깊은 한숨을 내쉬었다.

➡ 하티의 수색에 협조하겠다고 말한다. → 61로

➡ 단서 R에 관해서 수사한다. → 182 + 지시 번호 R

"**어**제 살인 사건에 대해서 뭔가 아는 거 없으세요?"

"아무것도 몰라요. 하아~~. 다리도 부서져 버렸으니 어쩐다…. 당신도 참 운이 없네요…. 후우~"

"하하, 글쎄 정말. 곤란해졌어요."

"하아~. 지루한 마을에 갇혀버려서…. 뭐 재미있는 거 없을까요? 후우~"

"재미있는 거 말인가요?"

➡ 취미에 관해서 묻는다. → 143으로

184

폴린의 집이 있는 바게스트 거리는 마을의 중심부와 가깝고 사람의 왕래도 빈번해 활기가 넘치는 분위기이다.

하지만, 주인을 잃은 그 집은 고요했다. 당신은 집 앞에 서서 구김살 없이 밝게 웃는 폴린을 떠올렸다.

'민중이 일어나면 전쟁은 끝난다라….'

185 ↪ 386

당신은 우크메르 광장 바로 근처에 있는 큰 나무 앞에 서 있었다.

"메르그 호수와 달의 언덕 사이… 여기가 딱 중간지점이야."

당신은 나무의 표면을 만졌다. 이 정도로 큰 나무라면 전설의 무녀가 살아있을 때부터 존재했을 터였다. 당신은 나무 밑을 파기 시작했다. 전설의 무녀가 예언을 석판에 기록한 것은 마녀사냥이 있던 시대이다. 혹시 석판의 존재가 알려졌다면 분명 파괴되고 말았을 것이다. 그것을 우려한 무녀는 이곳에 석판을 숨긴 것이다. 당신은 땅을 파내는 것에만 몰두했다. 그리고 드디어 석판 일부가 드러났다.

→ 411로

186 ↪ 227

【얇은 파편을 모아서 복원하여 나타난 숫자의 단락으로】

181 182 183 184 185 186

187 ↪ 352

"**제**임스는 어제 저녁 무렵에 수리한 고삐를 정류장까지 일부러 가져다 주었어요."

파스칼은 재갈에 연결된 고삐를 만지며 슬픈 표정을 지었다.

"완벽히 조정했으니까 바로 써보라며, 늘 그랬듯 자신만만한 표정으로 눈이 빛났어요. 그렇게 좋은 사람이 살해당하다니…."

188 ↪ 147

"**당**신은 나선계단을 통해 3층으로 올라갔다.

3층도 2층과 같은 구조로, L자형의 통로에 작은 창문이 3개 있고 복도 끝 오른쪽으로 문이 있다.

이 문도 열쇠가 잠겨있는 것 같았고 문패에는 다음과 같이 쓰여 있었다.

태엽의 방

2층과 한 가지 다른 것은 복도 끝의 벽에는 사다리가 걸려있다는 점이었다. 옥상으로 올라갈 수 있도록 연결되어있는 듯했고 일부 천장을 개폐할 수 있는 듯 보였지만, 핸들에는 자물쇠가 매달려있었다.

189 ↪ 89

"**파**타피에게 들은 신화대로라면, 목걸이 '공작'에 장식되어있는 이 돌은 원래 이 거대한 태엽 인형에 붙어 있었을 가능성이…."

당신은 공작의 돌을 시험 삼아 거대한 인형의 움푹 패인 곳에 끼워봤다(다음 페이지 참조). 딱 맞아 보였다. 그러나 회전은 되지만 뒤집어서 끼워지지는 않는다.

"역시 여기가 괴도가 말했던 공작이 있어야 할 장소로군. 문제는 어떤 돌을 어디에 끼워야 하느냐인데…. 응? 이건…?"

당신은 인형의 등에 새겨진 문자를 발견했다.

"가로세로 같은 열에 눈은 2개 이상 들어가지 않는다"

【수수께끼를 풀고 나타난 숫자의 단락으로】

꼭	날	🌙	눈	육	하
돌	개	으	동	신	얀
아	로	르	자	을	눈
와	사	렁	가	떠	이
주	납	대	운	나	시
오	게	던	데	간	여

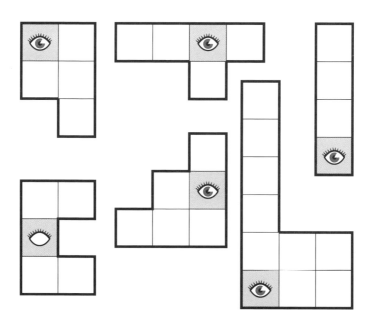

밤 시간, 당신은 시계탑을 찾았다. 올려보니 달빛에 비쳐 파랗게 빛나는 벽이 우뚝 서있다. 당신은 마른침을 삼키며 문을 열었다.

램프에 불을 붙이고 캄캄한 관리인 실 안을 들여다봤다. 숙직 중인 프리츠 키르쉬는 없었다. 문고리를 돌리니 소리도 없이 문이 열렸다.

'문을 잠그지 않은 건가⋯?'

이상하게 생각하면서 방으로 들어가 램프로 책상을 비추니 한 장의 종이가 놓여있었다.

"옥상에서 기다리겠다⋯!"

괴도다. 이미 시계탑 옥상에서 기다리고 있다.

당신은 열쇠 걸이에서 열쇠를 빼서 관리인 실을 나가 옥상으로 향했다.

→ 281로

"무슨 기사를 읽고 계셨나요?"

"새로운 다리 건설 계획인데, 좀처럼 진행되지 않나 봐요⋯. 제임스가 죽어서 마을은 정말 곤란해졌어요. 어쨌든 그는 마을 수리와 건축을 전부 담당하고 있었으니까요. 새로운 다리도 제임스가 있었다면 빨리 건설을 시작했을 거예요. 하수로 점검도 제임스가 청년단 지휘를 맡고 있었으니⋯."

안치소 문에는 놋쇠 자물쇠가 달려 있었다. 3자리 수의 번호를 맞춰야만 열리는 것 같았다.

"이래서는 들어갈 수 없겠어. 누군가 번호를 알고 있는 사람이 없을까⋯?"

【수수께끼를 풀고 자물쇠의 비밀번호와 같은 단락으로】

늘대^{마을의}탈출

190
191
192
193
194
195

193 ↪ 45

당신은 2층의 부엉이 방 창문으로 뒷골목을 내려다봤다.

어두컴컴한 뒷골목에는 극히 일부분에만 빛이 들고 있었다. 정확히 그 빛이 드는 지면 위에서 뭔가가 빛났다.

"뭐가 빛난 거지? 밑에 내려가면 조사해보자…. 이 창문에서 봤을 때 11시 방향이다!"

【단서 A에 '빛나는 물건', 지시 번호 A에 11이라고 기입】

194 ↪ 252

"저…. 뭔가 고민이라도?"

"아, 아니… 별 거 아닙니다…."

박사는 그렇게 말하며 당신을 봤다.

"어제 양들의 단잠에 점심을 먹으러 갔어요. 그런데 폴린이 어떤 남자와 식사를 하고 있었는데…."

"연인이었을까요?"

"아니요, 연인의 분위기는 아니었어요. 그~, 상대는 마을에서 못 보던 얼굴에 마른 남자였는데, 둘 다 소곤소곤 작은 목소리로 뭔가를 얘기하고 있었습니다. 아… 아니, 좀 신경 쓰였을 뿐이에요. 헤헤헤."

195

찻집 뿔피리는 월귤을 사용해서 만든 메뉴인 요정세트로 문전성시를 이루고 있었다.

안나는 눈코 뜰 새 없이 분주했다.

"후우… 잠깐 쉴까."

안나는 당신의 건너편 자리에 앉아 한숨을 내쉬었다.

➡ **안나와 이야기한다.** → 208로

➡ **점괘 결과에 관해서 묻는다.** → 349로

58

목차《오른손 손가락에 끼는 반지의 의미에 대해서》

• 엄지【신념】신념을 관철하고 싶을 때는 이 손가락에….

　→ 168로

• 검지【집중력】집중력을 높이고 싶을 때는 이 손가락에….

　→ 267로

• 중지【액막이】빠르고 현명하게 행동하고 싶을 때는 이 손가락에….

　→ 335로

• 약지【심신의 안정】마음을 차분히 하고 싶을 때는 이 손가락에….

　→ 128로

• 새끼손가락【자신감】자신을 어필하고 싶을 때는 이 손가락에….

　→ 178로

【책을 읽고 단서 D에 해당하는 행운의 숫자를 지시 번호 D에 기입】

오늘 찻집 뿔피리는 평소보다 더 붐빈다.

요정을 한 번 보려고 메르그 호수를 찾은 사람들이 돌아가는 길에 찻집 뿔피리에 들르는 모양이었다.

"요정님 덕분이에요!"하며 그녀는 기쁜 듯 케이크를 옮기고 있었다.

➡ 안나와 이야기 한다. → 334로

➡ 점괘 결과에 관해서 묻는다. → 268로

➡ 단서 a에 관해서 수사한다. → 197 + 지시 번호 a

"**늑**대인간의 정체를 파헤치려면 무녀의 능력이 필요하다. 진짜 무녀는 사람을 점쳐 늑대인간인지 아닌지 간파할 수 있다.

나는 무녀의 후손을 찾았다. 그리고 이 마을에서 2장의 낡은 가계도를 발견했다. 둘 다 무녀의 가계도였지만, 하나는 미치광이가 만든 가짜다. 그 가계도를 보면 찻집의 여종업원이나 꽃집의 여종업원 중 한 명이 무녀의 후손이고 다른 한 사람은 미치광이의 후손임을 알 수 있다.

두 사람 모두 자신이 능력자라는 것에 대해서는 자각하지 못하고 있다. 무녀의 후손은 어떤 행동에 의해 각성한다. 하지만, 미치광이의 후손도 같은 행동으로 각성한다. 이 마을 어딘가에 각성의 행동이 기록되어 있을 것이다."

다음 페이지는 찢어져 있었지만 아무래도 클립이 끼워져있던 듯한 흔적이 남아 있다.

【단서 J에 '무녀와 미치광이의 후손'이라고 기입. 지시 번호 J에는 각성시킨 두 사람에게서 좋아하는 숫자를 알아내 그 합계를 기입할 것】

【중요한 기록란 1에 '늑대인간의 정체를 파헤치려면 무녀의 능력이 필요'라고 기입】

【중요한 기록란 2에 '어떤 행동을 하면 무녀와 미치광이, 각각의 후손이 각성한다'라고 기입】

199 ⤴ 304

"**이**, 탐정이라는 사람은 당신이지? 프리츠 씨가 살해당하다니…."

마고는 신문을 가리키며 안쓰럽다는 표정을 지었다.

"그 사람, 숙맥이었어…. 항상 시계탑에 있었지만 점심 때 빌 강가에서 혼자 밥을 먹고 있기도 하고, 지금 생각하면 조금 외로워 보였던 거 같아…."

200

페리톤 거리에는 민가가 적어 조용하고 차분한 분위기가 흐른다.

찻집 뽈피리는 거리 끝에 있다. 가게는 숲에 둘러싸여 있으며 안쪽 테이블에서는 메르그 호수가 보인다. 창문이 크게 나 개방적이기 때문에 숲에서 들어오는 산뜻한 공기가 무척 기분 좋다.

당신이 자리에 앉자 '뽈피리'에서 일하는 미모의 종업원 안나 칼바도스(16 페이지 참조)가 테이블에 물을 올려 두었다.

"어머, 처음 온 손님이신가?"

"사설 탐정입니다. 처음 뵙겠습니다."

"아…. 혹시 어제 그 사건을 수사하고 있는 거예요?"

"네. 해리 씨는 여기에도 왔나요?"

"음, 거의 안 왔어요…."

➡ 안나와 대화를 이어간다. → 68로

➡ 단서 I에 관해서 수사한다. → 200 + 지시 번호 I

➡ 단서 B와 C에 관해서 수사한다. → 200에 지시 번호 B와 C의 곱을 더한 숫자에 해당하는 단락으로

"**엘**시 씨, 옛날 신문들은 서고에 있나요?"

"그럼. 있지! 날짜만 알려 줘. 가져다줄게. 언제 신문이지?"

➜ 단서 e에 관해서 수사한다. → 201 + 지시 번호 e

202

안나가 은쟁반을 옆구리에 끼고 케이크가 즐비하게 늘어선 진열장 앞으로 다가섰다. 오늘은 아무래도 한가한 듯 보였다.

"어서 와요. 오늘은 케이크 세트를 할인해 드려요!"

"아, 그래요. 그럼 그걸로 하겠습니다."

"고마워요! 기껏 신문에 광고까지 냈는데 손님이 전혀 없네요~. 하긴 뭐 평일이니. 잠시만요!"

얼마 지나지 않아 안나가 빨간 잼을 곁들인 치즈 케이크와 홍차를 가져다주었다.

➜ 케이크 세트에 대해 알아보기 → 398로

➜ 무녀에 대해 알아보기 → 05로

➜ 이 가게에 대해 알아보기 → 42로

➜ 점괘 결과에 대해 알아보기 → 136으로

203 ↪ 105

당신은 달의 언덕으로 올라갔다.

정상 근처에서 표면에 88이라고 적힌 수상한 돌을 발견했다.

"이건…?"

돌 뒤에는 편지가 붙어 있다. 당신은 그 편지를 펼쳤다. 물론 그것은 괴도88이 당신에게 보낸 편지였다.

탐정. 생각했던 대로 멋진 청년이라 아주 흡족해. 그대가 내 손을 잡고 데리고 간 집의 여자는 변장한 내 부하였어. 그대가 매우 친절해서 그땐 아닌 게 아니라 정말 가슴이 쓰라리더군.

농담은 관두고, 시계탑에서 늑대인간과 맞닥뜨린 난 그대에게 '갇힌 사과'를 맡기기로 했지. 수사에 필요할 것 같아서 말이야. 난 저 추악한 늑대인간이 이 아름다운 마을을 더럽히는 걸 더는 보고 있을 수 없어.

하지만 그냥 돌려주기에는 왠지 시시해서, 약간 신경써서 연기를 해보기로 했지. 뭐, 일종의 게임이라고나 할까…. 재미있지 않았나?

그래도 설마 그대가 내 정체를 알아챌 줄은 몰랐는데. 요 며칠간 신나는 모험을 즐겼 네. 또 다시 보게 될 날을 손꼽아 기다리고 있겠어.

— 괴도88

201
202
203
204
205

204

토요일 늦은 오후, 찻집 '뿔피리'는 손님들로 북적댔다.

안나는 분주한 듯이 음료수와 디저트를 나르고 있다. 당신은 커피를 주문한 후 자리에 앉았다.

➡ **안나와 이야기한다. → 239로**

➡ **점괘 결과에 관해서 묻는다. → 278로**

205 ↪ 180

"어제 저녁에 말입니다,

8시 반 정도에 이 근처에서 수상한 사람 못 보셨나요?"

"어머! 그때라면 애들하고 저녁 산책하러 나갔다 돌아왔을 때쯤인데…. 그러고 보니, 바로 이 거리에서 하티가 희한하게도 사람을 보고 짖더라고요! 호호호!"

"그 때, 하티가 누굴 보고 짖었나요?"

"글쎄, 어두워서 잘 보이진 않았지만…. 바게스트 거리를 빠져 나와 킬림 거리에서 광장 반대편으로 걸어갔어요. 그러고는 페리톤 거리에서 오른쪽으로 돌더니 바로 사라져 버렸죠…. 그제서야 하티가 겨우 잠잠해지더라고요! 호호호!"

"혹시 그게 몇 시쯤인지 기억나시나요?"

"마침 시계탑에서 30분에 울리는 종소리가 났으니…."

"8시 반 정도겠군요. 고맙습니다. 폴린 씨."

"아녜요~ 무슨. 어머! 커피 한 잔 더 드릴까요?"

"네, 고맙습니다."

【단서 l에 '도주 경로 2', 지시 번호 l에 30이라고 기입】

---

206 ↪ 248

대지의 요정은 마을과 떨어진 깊은 산골의 거대한 나무나 오래된 나무에 사는 자그마한 요정이다. 지능이 높고 대장간 일이나 연금술에 뛰어난 재능을 가지고 있다. 인간을 싫어하기 때문에 목격되는 일은 거의 없지만, 최근에는 노니스의 숲 등에서 목격했다는 정보가 있다.

---

207 ↪ 406

"안에 누가 있나요!"

보물창고 속의 목소리가 당신에게 다가왔다.

"여길 열려면…, 암호…, 필요…."

두꺼운 벽을 통해 들려오는 목소리는 희미해서 안에 누가 있는지 알 수 없었다.

"암호? 저기요! 안에 누가 계신가요?"

하지만 목소리는 두 번 다시 들리지 않았다. 기절이라도 한 걸까?

➡ 단서 m에 관해서 수사한다 → 207 + 지시 번호 m

➡ 단서 m에 기입한 것이 없을 경우 → 31로

208 ↪ 195

"**그**러고 보니, 탐정님! 촌장님을 구해 내다니, 보통이 아닌걸요!"

"아닙니다, 다 여러분 덕분이죠."

"겸손하기까지! 그나저나 진짜 촌장님이라면 무녀에 대해서도 자세히 알고 있지 않을까요?"

209 ↪ 182

하티가 무사히 돌아오자 폴린은 눈물을 흘리며 기뻐했다. 하티도 살랑살랑 꼬리를 흔들며 폴린의 눈물을 핥아 주었다.

"하티는 정말 영리한 것 같아요. 제가 하티를 발견했을 때, 이걸 물고 있었거든요."

당신은 하티가 물고 있던 신발을 폴린에게 보여 주었다.

→ 17로

210 ↪ 02

"**요**전에 태엽 인형은 떠돌이 장인이 만들었다고 하셨죠?"

"으응, 그랬지."

"그게 언제쯤인가요?"

"15세기 중반 즈음일 걸세."

"그럼, 무녀가 살았던 시대였겠군요."

"흐음. 글쎄. 난 무녀에 대해선 잘 모른다네."

"저 인형은 남자인가요? 왠지 모양이 울퉁불퉁하던데요."

"아. 거인이지."

"거인이요?"

"저건 신화에 나오는 거인 인형일 거야. 나도 자세히는 몰라. 신화에 대해 잘 아는 사람한테 한 번 물어보는 게 어떻겠나?"

【중요한 기록란 18에 '태엽 인형은 신화 속의 거인'이라고 기입】

211 ↱ 140

"**역**시 한 치의 흐트러짐도 없으시군요."

그렇게 말하며 수리를 계속하고 있는 제임스 메스카의 손을 들여다봤지만, 오른손에는 반지가 하나도 없었다.

"그런데 원래 반지를 안 끼시나 봐요?"

"무슨 소리야. 그런 걸 했다간 어딘가 걸려서 어디 제대로 일이라도 하겠어."

"하긴, 그렇겠군요."

212 ↱ 200

"**당**신은 안나를 향해 네 번 손뼉을 치고 세 번 윙크를 했다.

그러자 안나는 잠시 멍해 있더니, 갑자기 흥분한 듯이 웃으며 당신에게 말했다.

"이럴 수가! 설마 내가 무녀의 후손인가요?"

"안나 씨, 쓸데없는 짓을 해서 미안한데요, 당신의 특별한 능력이 필요해요. 좀 도와주실 수 있을까요?"

"네, 그럴게요! 오늘 밤부터 마을 사람들을 한 사람씩 점쳐주면 되는 거잖아요. 무슨 일이 있어도 늑대인간을 찾아내고 말 거예요. 왠지 떨리는데요!"

"이건 아무한테도 말해선 안 됩니다. 만약 늑대인간한테 들켰다간 당신의 목숨도 위험해질지 몰라요."

"걱정하지 말아요! 날 믿어 보시라구요."

"그런데 안나 씨는 어떤 숫자를 좋아하나요?"

"좋아하는 숫자요? 12! 12일에 태어났거든요."

213 ↱ 109

"**이**렇게 나이를 먹어서, 그냥 똑바로 걷는 것 밖엔 못 해. 이 길을 지날 때도 말이야, 항상 처음엔 공원에 부닥뜨릴 때까지 걸어 간다네. 무슨 말인지 알아듣겠나? 끝까지 가고 나서야 오른쪽이나 왼쪽으로 방향을 바꿀 수 있거든. 그리고 다시 계속해서 똑바로 걸어가지. 그러니 이제 데려다주게나. 아, 참. 중간에 반드시 다리를 3번 건너야 하네…." (다음 페이지 참조)

【올바른 코스로 노파를 집까지 데려다주며, 통과한 수를 모두 더한 숫자에 해당하는
단락으로】

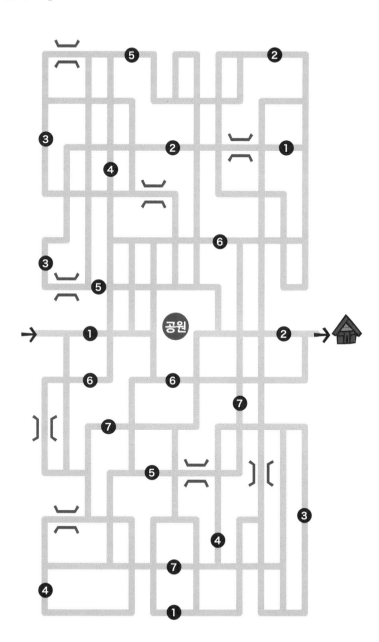

211
212
213

"**암**호…!?"

당신은 괴도가 알려준 암호를 떠올리며, 문에 새겨진 조각을 향해 그 말을 외쳤다.

"날개여, 펼쳐져라!"

그러자 나지막이 땅이 울리며 건물 전체가 흔들리기 시작했다. 조각에 새겨진 동물이 날개를 펼치며 문이 열렸다.

당신이 보물창고 안으로 달려 들어가자, 그곳에 한 노인이 쓰러져 있다.

"초…촌장님! 니모 촌장님!"

쓰러진 사람은 틀림없는 니모 촌장이었다. 어깨를 흔들자 촌장은 서서히 눈을 떴다.

"괘… 괜찮아…. 흥분해서 잠깐 현기증이 난 게야. 이래 봬도 난 아직 70밖에 되지 않았다네. 누군지 몰라도 고맙구만…."

"촌장님, 여긴 어딘가요?"

"잊혀진 신전 폐허지…. 괴도가 나를 이곳에 가두었다네. 마을은 좀 어떤가…?"

"마을은…. 일단 돌아가시죠. 마을로 돌아가려면 어떻게 해야 하죠?"

"늘어선 기둥 중에 하나를 밀어내면 고대 지하도로 통하는 입구가 나올 걸세. 지하도는 메르그 호수 근처의 하수로로 연결되어 있다네…. 괴도는 그곳을 통해 이곳과 마을을 드나들었어…."

"지하도를 빠져나갈 루트는 아시나요?"

"물론. 좀 복잡하긴 해도 내가 안내하지."

【단서 n에 '진짜 촌장', 지시 번호 n에 70이라고 기입】

➡ 늘어선 기둥을 밀어내고 지하도로 들어간다. → 26으로

당신은 도서실의 서가 앞에 섰다.

무슨 책을 읽을까?

➡ 포토루시의 요정들 → 248로

➡ 꽃말 사전 → 423으로

216 ↵ 313

당신은 빨간 쪽은 자신의 것으로 두고 파란 쪽을 늑대인간에게 건넸다.

"잠깐, 그 빨간 사과를 내놔!"

"둘 다 똑같다고."

둘은 사과를 바꿨다. 늑대인간은 조용히, 무언가 비밀스러운 힘에 조종당하고 있는 것 같았다.

당신은 파란 사과를 베어 물었다. 그 모습을 보고 늑대인간도 사과를 베어 물었다.

이상한 광경이었다. 달의 언덕에서 늑대인간과 마주 보고 사과를 먹고 있다니. 살아있다는 느낌은 들지 않고 꿈속에 있는 것 같았다.

사과를 삼킨 순간, 늑대인간의 다리가 부들거리며 불안해졌다.

들고 있던 사과를 떨어트리더니, 무릎을 꿇고는 몽롱해지는 의식을 떨쳐 내려는지 머리를 움켜쥐었다.

"이 자식…, 사과에 뭘 넣은 거야…?"

분노와 고통이 뒤섞인 무시무시한 얼굴로 당신을 노려보았다.

그때, 시계탑의 종이 울렸다.

22시.

그 은은한 음색에 이끌리듯, 늑대인간은 푹하고 땅바닥에 쓰러지더니 잠에 빠져들었다.

→ 386으로

217 ↵ 12

당신은 박사에게 감사 인사를 하고 거실을 나와 현관으로 향하는 복도로 돌아섰다.

"거기가 아니에요!"

바로 뒤에서 걷고 있던 박사가 불러 세웠다. 당신이 다소 놀라 뒤를 돌아보자, 박사는 평소의 미소 띤 얼굴로 말했다.

"헤헤…. 현관은 한 칸 더 앞에 있는 통로입니다. 길을 잘못 드시면 안 됩니다."

"**파**스칼 씨는 담배를 피우는군요."

"아, 예. 손님 중엔 담배 냄새를 싫어하는 분도 있어서, 맛만 보는 정도로 피우고 있지만요. 애견가 폴린은 담배를 싫어하기로 아주 유명하죠. 요전에도 함께 탄 손님이 슬그머니 담배를 피우기 시작하자, 아무 말도 없이 그 담배를 집어 들더니 던져 버리더라고요."

219

상대가 괴물이니 이길 승산은 없다. 그렇다면 어떻게 해야 이 민첩한 늑대인간으로부터 도망칠 수 있을까.

게다가 여긴 딛고 서 있기조차 힘든 시계탑 옥상이다. 느긋하게 사다리를 타고 내려갔다간 금세 잡히고 말 것이다. 지붕을 타고 올라가면 뒤에서 늑대인간이 덮치겠지.

당신의 찰나의 망설임을 늑대인간은 놓치지 않았다. 엄청난 속도로 당신에게 돌진하고는 날카로운 발톱으로 심장을 단숨에 관통했다. 절규할 틈도 없이 당신의 목숨은 끊어지고 말았다.

GAME OVER

당신은 예배당의 왼쪽 통로를 지나 안치소 앞으로 왔다.

복도엔 어딘지 모르게 섬뜩한 공기가 감도는 듯한 기분이 들었다. 문에는 자물쇠가 걸려 있다.

갑자기 누군가 어깨를 두드려 깜짝 놀라 뒤돌아보자, 신부가 서 있었다.

"죄송하지만, 여긴 친족들 외에는 들어갈 수 없습니다." 신부는 표정 하나 바꾸지 않고 그렇게 말하더니 발길을 돌려 예배당으로 돌아갔다.

"조금 차가운 신부님이군⋯."

➡ 문에 걸린 자물쇠를 살펴본다. → 192로

➡ 신부의 뒤를 쫓아가 이야기를 듣는다. → 311로

221 ↩ 132

"**코**냑 씨는 원래 왕국군의 병사였죠?"

"맞아. 젊었을 때였지. 하지만 왕국군의 방식에 의문이 들어서 제대했어."

"이번에 오르비에서 군사 훈련이 있다던데, 전쟁은 당분간 계속될까요?"

"전쟁의 화마가 이 마을을 덮치진 않았지만, 도시쪽은 점점 심각해지고 있어. 평화로웠던 이 마을에도 잔혹한 늑대인간이나 괴도를 사칭하는 도적까지 출몰하고⋯. 이거야 원, 세상이 이렇게 뒤숭숭해서야⋯. 반전 조직인 아리스토의 활약을 기대할 수밖에."

222 ↩ 134

당신은 코냑 씨에게 괴도가 니모 촌장님으로 변장해 마을에 숨어든 일과 아슬아슬한 고비에서 도망쳐 나온 일을 전했다.

"뭐라고! 괴도가 니모 촌장님으로 변장한 것이었다니⋯! 그럼, 내 보석은 다시 받을 수 없단 말인가?"

"유감스럽게도⋯."

코냑 씨는 눈을 질끈 감더니 풀이 죽었다. 얼마쯤 지났을까, 코냑 씨는 조용히 눈을 뜨며 말했다.

"처음부터 자네는 늑대인간을 잡으려고 이 마을에 왔다고 했던가?"

"맞습니다. 늑대인간은 사람들 앞에 당당히 모습을 드러내면서도 흔적을 거의 남기지 않죠. 아니, 남겼다 해도 그걸로 정체를 찾아내기란 거의 불가능합니다."

"난 내 보석만 걱정하고 있었지만, 이렇게 계속해서 살인 사건이 일어나면⋯. 이 작은 마을은 이대로 늑대인간한테 짓밟히고 말 거야."

"그렇게 될 때까지 내버려 두진 않을 겁니다. 제가 반드시 늑대인간을 찾아내겠습니다. 코냑 씨는 새로운 다리 건설에 힘써 주세요."

"그래야지⋯. 지금 내가 할 수 있는 건 그 정도뿐이니⋯."

코냑 씨는 창문 너머로 시계탑을 바라보았다. 마침 시계탑의 종이 울리며 태엽 인형이 모습을 드러냈다.

"저 인형 말이야, 자세히 보면 몸이 울퉁불퉁하단 말이지, 무슨 이유라도 있는 건가⋯." 코냑 씨는 의아하다는 듯이 중얼거렸다.

218 219 220 221 222

223 ↩ 58

"**개**의 마음…, 개 사료…, 로트와일러의 훈련…, 사랑하는 개에게 주는 선물…, 개와 리드와 나…, 개가 병에 걸렸다고 생각될 때…. 으음, 개에 관한 책뿐이네."

당신은 천천히 한 권의 책을 손에 쥐고 펼쳤다.

사랑스러운 개나 주인들의 웃는 사진을 상상했던 당신은 저도 모르게 눈이 휘둥그레졌다.

"이게 뭐지…?"

그곳엔 타자기로 친 글자가 빼곡히 적혀 있었다.

"특수 부대…, 신무기…, 교란 작전, 손 섬 방위선…?"

당신은 다른 책도 펼쳐 봤지만, 모두 마찬가지로 타자기로 친 문서였다.

타자기로 친 글자는 F, K, P라는 세 글자가 약간 흐리게 보였다. 당신의 머릿속을 세 글자가 빙글빙글 맴돌다가 이윽고 멈췄다.

→ 54로

224 ↩ 270

"**참**가자를 알 수 있을까요?"

"그건 내일 알아야 제맛이지! 그런데 누구 추천하고 싶은 여자라도 있는가?"

"아, 글쎄요. 찻집 '뽈피리'의 안나 씨는 어떨까요?"

"역시…. 안나는 여러 사람이 추천을 해서, 내가 직접 참가해 달라고 부탁했는데도 정중히 거절당했다네! 허허허!"

"그러셨군요."

"그럼 참가자 중 딱 한 명만 가르쳐 주지. 폴린이 말일세, 자기가 키우는 스콜을 추천했지 뭔가."

"개도 참가할 수 있나요?"

"그게 말이지. 조건은 여성이라고만 했으니까 말야. 폴린에게 개는 안 된다고 했더니, 그런 건 조건에 없다며 막무가내더군. 나도 이런 일은 처음 본다네. 허허허!"

225 ↩ 201

"**다**음 날 신문을 보면 될 거 같은데…. 저기, 1864년 6월 25일 신문을 좀 봤으면 하는데요."

엘시는 날짜를 메모하더니 당신에게 잠깐 기다리고 말했다. 잠시 후에 돌아와 당신에게 빛 바랜 신문을 건넸다.

"이거 맞지?"

【이 책의 마지막 부분에 밀봉되어 있는 '옛날 신문'을 펼쳐 읽는다】

➡ 다 읽었으면 → 166으로

226 ↪ 272

"**괴**도의 예고장을 볼 수 있을까요?"

"물론. 자~ 이걸세. 자네에 대해서도 한 마디 적혀 있더군."

"예? 저에 대해서요?"

촌장이 안주머니에서 종이를 꺼냈다. 건네받은 종이에는 기묘한 도형과 함께 다음과 같은 문장이 적혀 있었다.

'오늘 밤에 콘테스트의 우승 상품인 목걸이 '공작'을 받으러 가겠다. 그나저나 마을에 무능한 탐정이 한 명 있다던데. 나는 언제든지 훔칠 수 있지만, 나와 지능 대결을 한 번 해 보는 게 어떤가. 탐정, 나에게서 목걸이를 잘 지켜보도록 해.'

"이 자식…. 촌장님, 걱정 마십시오. 제가 기필코 괴도를 쫓아내겠습니다. 공작은 지금 어디에 있죠?"

"저기 본부 텐트에 금고가 있다네. 공작은 그 안에 있지."

➡ 기묘한 도형을 본다. → 72로

223
224
225
226
227

227 ↪ 373

"**깨**진 진열장의 파편을 보여 주시겠습니까?"

코냑 씨는 하인을 불러 치워 둔 유리 파편을 가지고 오도록 했다. 잠시 후 하인이 유리 파편을 봉투에 담아 가지고 왔다.

당신은 파편을 주의 깊게 살펴보았다. 그러자 파편에는 두 종류의 유리가 섞여 있다는 사실을 알아챘다.

"이 파편과 이 파편은 두께가 다르네요."

"뭐?"

"진열장 말고 다른 유리가 깨지기라도 한 걸까요? 여기 있는 얇은 파편을 모아 보죠."

→ 186으로

228 ↪ 360

당신은 커피를 주문한 후 종업원에게 부탁해 펠릭스를 불러달라 일렀다.

얼마 지나지 않아 조리 복장을 한 젊은 남자가 주방에서 나와 공손히 인사했다. 펠릭스 코른(20 페이지 참조)이다.

당신은 자기소개를 하고는 갑자기 불러내서 미안하다고 사과했다.

"아닙니다. 마침 조금 쉴까하던 참이었습니다."

펠릭스는 그렇게 말하며 위생 모자를 벗고 미소를 지었다.

당신은 어젯밤에 이 가게를 찾은 해리 카샤사에 대해 물었다.

"해리 씨에겐 항상 여러모로 신세를 지고 있어서, 오늘 아침 신문을 보고서 깜짝 놀랐습니다. 어제도 평소처럼 7시 조금 넘은 시간에 가게로 오셔서는 감자떡과 와인을 드셨죠. 엄청 취하신 것 같았습니다. 예전부터 저기에 걸린 저 그림에 관심이 있는 것 같았는데…, 행동이 어떻다는 둥 각성이 어떻다는 둥 뭐라고 혼잣말을 하시더라고요. 그런데…, 그렇게 되다니…."

➡ 그림에 관해서 묻는다. → 381로

➡ 그림을 본다. → 19로

229

다음 날 아침, 당신은 우크메르 마을의 묘지에 묻혔다. 하지만 무덤 속에서도 외롭지 않다. 머지않아 온 마을 사람들이 한 사람도 빠짐없이 늑대인간에게 살해될 테니 말이다.

GAME OVER

230 ↪ 200

"**어**젯밤엔 여기서 일하고 있었는데요…. 아, 그러고 보니 메르그 호수 쪽에서 바스락거리는 소리가 났었던 것 같네요. 8시 40분쯤 됐나. 소문으로만 듣던 요정이라도 나타났나 했더니. 아하하하하!"

괴도는 아무래도 메르그 호수 근처에서 모습을 감춘 모양이다.

"아주 변장에 능한 괴도로군. 메르그 호수 수풀 속에서 변장하고 이 마을의 누군가로 행세하고 다녔을 거야…. 다리가 망가졌으니, 그 녀석도 마을에서 빠져나가진 못했을 테고."

【중요한 기록란 4에 '괴도는 메르그 호수 근처로 도망쳤다'라고 기입】

231 ↪ 302

고양이 방의 문을 두드렸지만, 대답은 없다. 손잡이를 돌려 봐도 잠겨 있는 듯했다. 그 모습을 보고 있던 마고가 카운터 너머로 말했다.

"마리는 오늘 아침 일찍 나갔어. 달의 언덕으로 간다고 하던데."

228
229
230
231
232
233

232 ↪ 27

"**무**슨 재미있는 기사라도 있나요?"

"탐정이구나. 오늘 신문에 아주 재미있는 게 실렸어! 여기 좀 보라고."

엘시는 신문을 당신 쪽으로 보이며 손가락으로 가리켰다.

"여기 말이야, 여기, 요정에 대한 목격담이 실려 있어."

"구둣가게의 미셸이네요."

"맞아! 그런데 탐정님은 요정을 믿어?"

"네, 믿어요."

➡ **단서 Y에 관해서 수사한다. → 232 + 지시 번호 Y**

233 ↪ 322

"**어**제는 점을 치셨나요?"

"아, 예. 다시 생각해 보면 참 신기한 체험을 한 것 같아요…. 전 어젯밤에 침대에 누워 있었어요. 12시가 좀 지났는데 눈꺼풀 뒤쪽이 점점 밝아지더니…, 어느새 제가 새하얀 공간에 있는 거예요. 불안하지도 놀라지도 않았어요…. 한동안 걷고 있는데, 눈부신 빛이 나타나더니 제게 마을 사람 중 딱 한 사람만 정체를 알려 주겠다고 하더군요."

"그래서…, 누굴 점친 거죠?"

"미셸이요."

"미셸? 구둣가게의 미셸 피스코 말인가요?"

"예. 전 미셸을 떠올리며 그 빛으로 천천히 손을 뻗어 만졌어요. 그랬더니 미셸의 마음속으로 들어간 듯한 느낌이 들었어요. 약간은 느릿해 보여도 상냥한 마음을 가지고 있었어요."

"그러니까…?"

"예. 미셸은 늑대인간이 아니에요. 그냥 보통 여자예요."

234 ↱ 132

"**그** 후로 달라진 건 없었나요?"

"흐음. 특별히 없는데. 한시라도 빨리 보석을 되찾았으면 싶군!"

235 ↱ 295

"**오**늘 아침 신문 봤어? 동화가 완성됐다던데. 그리고 보니 어렸을 땐 어머니가 자주 동화를 들려주곤 했는데. 이 마을엔 동화가 아주 많아서 매일 다른 얘길 들려주셨지."

"어떤 이야기가 가장 생각 나시나요?"

"글쎄…, 하나 같이 이상한 이야기뿐이라서…. 거인이나 사과 이야기 같은 거? 내용은 전혀 생각이 안 나지만 말야. 하하핫!"

236 ↱ 30

"**실**례합니다. 전 탐정 일을 하는 사람인데요, 잠깐 말씀 좀 나눌 수 있을까요?"

그렇게 말을 걸자, 엘시는 마치 소녀처럼 기뻐했다.

"어머머, 세상에! 탐정이라고? 왠지 가슴이 설레는 걸. 항상 혼자 있어서 심심했거든."

도서실에서 책을 읽고 있던 청년이 데스크를 노려 보았다.

"하지만… 너무 큰 소리로 떠들면 안 돼."

그렇게 말하며 엘시는 검지를 입 앞에 갖다 댔다. 오른손 중지에 자그마한 반지를 끼고 있다.

"네…. 살해당한 해리 씨는 이곳에 자주 왔나요?"

"그럼 물론이지. 그 사람, 학자라서 조사하러 자주 왔었어. 오래된 책들만 보곤 했지."

"뭔가 이상한 점은 없었나요?"

"글쎄 딱히…. 아! 항상 귀여운 수첩을 갖고 있었어!"

"그렇군요…."

237 ↱ 423

당신은 장미의 꽃말을 조사했다.

"장미…. 꽃말은 '사랑'이군. 흐음."

238 ↱ 249

"**이**거야! 코냑 씨가 기증한 게 이 책이 분명해."

책을 손에 쥐고 페이지를 넘겼다. 아무래도 이 마을의 역사에 관한 책인 것 같았다. 교회에 대해 적힌 페이지를 읽었다.

"어디보자….

'우크메르 마을 교회에 있는 묘지는 선조들의 안식처입니다. 고전에 따르면, 어떤 조건이 충족되면 묘지에 환상의 무덤이 나타난다고 합니다. 그리고 그 무덤은 중세 시대에 활약한 무녀의 무덤이라고 합니다. 그 조건이란 게 아주 신비롭습니다. 언덕 기슭에 있는 나무가 합쳐지면 또 하나의 언덕이 나타난다. 그 언덕 기슭에 있는 나무마저 합쳐지면 환상의 무덤이 나타난다.'

무슨 뜻이지…'?"

【중요한 기록란 9에 '언덕 기슭에 있는 나무가 합쳐지면 또 하나의 언덕이 나타난다. 그 언덕 기슭에 있는 나무마저 합쳐지면 환상의 무덤이 나타난다'라고 기입】

234 235 236 237 238

239 ↪ 204

"**오**늘도 바빠 보이시군요."

"맞아요! 요정 세트라는 걸 만들었는데 인기가 좋아요…. 정신없이 바쁘네요! 즐거운 비명이죠."

"장사를 아주 잘 하시는군요. 그런데 메르그 호수 근처에 있는 하수로가 어디로 이어져있는지 아시나요?"

"하수로? 글쎄요, 전 잘 모르지만…, 제임스 씨라면 알고 있었을 지도 모르겠네요. 그 사람이 하수로를 청소하는 청년단의 리더였거든. 아! 잠시만 실례…."

안나는 주문을 받으러 다른 테이블로 가버렸다.

240 ↪ 344

"**이** 천문판으로 달이 가장 높이 뜨는 시각을 알아낼 수 있을 거야." (다음 페이지 참조)

【수수께끼를 풀고 달이 가장 높이 뜨는 시각(24시간 표기)의 숫자에 해당하는 단락으로】

241 ↪ 64

"**제**임스 씨가 살해를 당해서 마을을 복구하는 데에도 시간이 걸릴 것 같네요."

"그렇겠지. 한시라도 빨리 다리를 고치지 않으면 마을 사람들은 늑대인간이 사는 우리에 갇힌 신세나 마찬가지라고…. 하수로 청소가 연기된 건 잠깐 냄새를 참으면 그뿐이지만. 우리 집 앞에도 하수로로 통하는 도랑이 있거든. 이 시기에 청소를 안 하면 여름에 악취가 진동한다네."

242 ↪ 02

"**이** 시계탑에 석판이 있는 곳에 관한 비밀이 숨겨져 있다고 해서요…."

"석판이 있는 곳…? 흐음, 난 여기서 40년 이상 일했어도 그런 해괴망측한 건 본 적이 없다고."

"잠시만 조사를 해도 될까요?"

"이제 작업을 시작해야 해! 바쁘니까 내일 다시 와!"

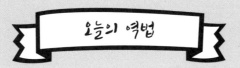

달이 뜨는 시각   해가 뜨는 시각

↓   ↓

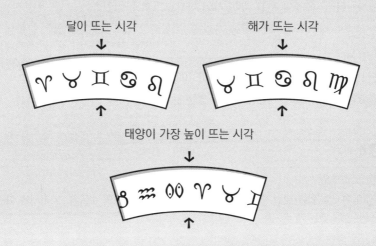

태양이 가장 높이 뜨는 시각

달이 가장 높이 뜨는 시각

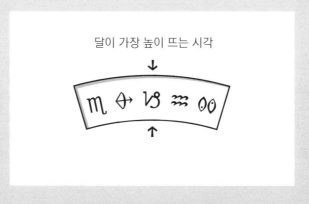

1시간 단위로 기호열은 한 칸씩 왼쪽으로 이동한다.

240
241
242

"**그**게…, 괴도88이 제게 말하더군요. '공작을 있어야 할 장소로 돌려놓으라'고요."

"있어야 할 장소? 흐음…."

"파타피 씨는 공작에 대해서 뭔가 아는 게 없으신가요?"

"공작이라…. 내가 알고 있는 건 신화인데…. 공작의 꼬리 깃털에 있는 눈 모양. 그건 원래 100개의 눈을 가진 거인 아르고스의 눈이었다는 구만. 아르고스의 눈은 교대로 잠들어서 모든 것을 지켜볼 수 있다고 했지. 위쪽에 있는 눈부터 순서대로 잠든다고 하더군."

【단서 p에 '거인과 공작', 지시 번호 p에 100이라고 기입】
【중요한 기록란 26에 '거인은 위쪽에 있는 눈부터 순서대로 잠든다'라고 기입】

> 토마스 코냑 앞
> 당신이 가지고 있던 보석 '갇힌 사과'는 내가 가져간다. 희대의 보물은 그 가치를 아는 자의 손안에 있는 게 좋거든.
>
> — 괴도88

➡ 코냑 씨의 부탁을 듣는다. → 373으로

자리 우조 박사는 연구소 뒤뜰에서 발견되었다. 엊그제 우조 소프터 실험을 한 다음, 장비는 차고에 넣어 두었을 텐데, 박사의 시신이 발견됐을 때는 이미 사라지고 없었다.

연구소 문은 굳게 잠겨 있어, 안으로는 들어갈 수 없다.

➡ 차고로 간다. → 419로

늘대 마을 탈출

246 ↪ 25

"저, 메르그 동화를 빌릴 수 있나요?"

"원고는 아주 귀중한 자료여서 1화씩 사본으로 대여하고 있어. 200화까지 일련 번호가 붙어 있으니까 빌리고 싶은 번호를 말해 주면 서고에서 찾아다 줄게! 예전엔 어머니가 자주 동화를 읽어 줬어. 고전에는 때로 진실이 숨어 있는 법이지!"

➜ 단서 p에 관해서 수사한다 → 246 + 지시 번호 p
➜ 사과에 대한 동화가 있는지 묻는다. → 266으로

247

자리 박사는 당신을 거실로 들어오라 했다. 마침 연구가 일단락을 맺은 듯했다.

"헤헤, 그러니까 오늘은 드디어 비행 실험을 하는 날이에요."

"우조 소프터 말씀이시죠? 축하드립니다."

"오후 2시에 광장에서 실험을 시작합니다. 헤헤헤."

"그럼, 실험 비행을 할 파일럿은 찾으신 건가요?"

"아, 물론이죠. 헤헤, 제가 타고 싶었지만 만에 하나 실패라도 하면 큰일이잖아요. 개발자가 죽어버리면 정비하거나 개선할 사람이 없으니까요. 헤헤헤."

➜ 전쟁에 관해서 묻는다. → 298로
➜ 폴린의 배지에 관해서 묻는다. → 367로
➜ 단서 Y에 관해서 수사한다. → 247 + 지시 번호 Y

248 ↪ 215

목차 《포토루시의 요정들》

➜ 불의 요정 → 15로
➜ 물의 요정 → 118로
➜ 바람의 요정 → 77로
➜ 대지의 요정 → 206으로

243
244
245
246
247
248

"**그** 책이 어디에 있는지 아십니까?"

엘시는 기증 도서가 진열되어 있는 책장으로 당신을 안내했다.

"분명히 이 책장에 있을 텐데. 역시 어떤 책인지 잘 생각이 안 나네."

【수수께끼를 풀고 나타난 숫자의 단락으로】

자리 연구소는 메르그 호수에서 흘러나오는 맑은 시내와 접해 있지만, 이토록 평화롭고 고즈넉한 풍경을 뽐내는 우크메르 마을 내에서도 상당히 이질적인 분위기를 내뿜고 있다. 벽 전체를 뒤덮은 담쟁이덩굴, 뿌연 창문, 뒤뜰에 있는 짙은 초록빛의 수풀이 빽빽이 우거져 음침함을 더하고 있다. 말이 연구소이지, 요위 거리 쪽에서 보면 커다란 저택처럼 보인다.

벨을 누르자 한동안 잠잠하다가 흰 가운을 걸친 자리 박사(23 페이지 참조)가 문을 열었다. 박사는 숱이 적은 팔자 눈썹과 가느다랗고 처진 눈으로 웃는 듯한 표정을 짓고 있다.

"어! 헤헤. 안녕하세요. 무슨 일이신지요?"

박사는 어딘지 모르게 불안해 보이며 거동이 수상쩍다. 낯을 심하게 가리며 허약해 보이는 듯한 인상이다.

"안녕하세요. 어제 발생한 사건을 조사하고 있습니다. 이쪽도 잠시 살펴봤으면 해서요."

"아아…. 탐정님이신가요? 아, 헤헤. 어서 들어 오시죠."

➡ **연구소 안으로 들어간다. → 12로**

251 ↩ 180

폴린은 소파에 앉아 쿠키 조각을 얻어먹으러 온 개를 쓰다듬고 있었다.

그녀의 오른손 약지에는 반지가 번쩍이고 있다. 다른 손가락에는 반지가 없다.

252

당신은 연구소 안으로 이어진 복도를 지나 거실로 안내 받았다. 자리 박사는 흔들의자에 앉아 천장을 바라보며 손을 비비고 있다. 뭔가 생각하고 있는 듯하기도 하고, 아무 생각이 없는 듯하기도 하다.

"아…."

"뭔가 생각 나는 게 있으신가요?"

"헤헤. 이거야 원, 차도 한 잔 안 드리고, 죄송합니다."

"아, 아닙니다. 신경 쓰지 마세요."

박사는 아무런 대답도 없이 다시 천장을 바라보았다.

➜ 무슨 생각을 하는지 묻는다. → 194로

➜ 단서 Q에 관해서 수사한다. → 252 + 지시 번호 Q

253 ↩ 266

잠드는 사과

어느 날 요정이 사는 호수에 심술 궂은 늑대가 찾아 왔습니다.

늑대는 요정이 무척 좋아하는 빨간 월귤을 모두 먹어 치워 버렸습니다.

늑대의 입은 월귤즙으로 새빨갛게 물들었습니다.

그래서 요정은 반쪽에 수면제를 넣은 사과를 만들어 늑대에게 주기로 했습니다.

요정에게 사과를 건네받은 심술 궂은 늑대는 말했습니다.

"내가 이따위 걸, 먹을 것 같아?"

"그럼 저도 반쪽을 먹죠."

요정은 그렇게 말하며 사과를 반으로 쪼개어 빨간 쪽은 자신의 것으로 두고 파란 쪽을 늑대에게 건넸습니다.

그러자 심술 궂은 늑대는 말했습니다.

"잠깐, 내가 그 빨간 걸 먹을 테야!"

"둘 다 똑같답니다."

둘은 사과를 교환했습니다.

그리고 요정이 사과를 먹는 모습을 보고, 늑대도 사과를 베어 물었습니다.

한 입 베어 문 순간, 늑대는 푹하고 쓰러지더니 코를 골기 시작했습니다.

요정은 늑대의 배를 갈라 월귤을 모두 되찾았습니다.

그리고 요정은 늑대의 손에서 굴러떨어진 사과와 자신의 사과를 원래대로 합쳐 보석 속에 넣어 두었습니다.

【중요한 기록란 28에 '파란 쪽을 늑대에게 건넨다'라고 기입】

254

어젯밤에 달의 언덕에서 본 남자, 그는 분명히 자리 박사였다. 그리고 암흑 속에서 군인과 이야기를 나누던 박사는 '늑대인간'이라는 말을 했다. 박사는 분명 늑대인간에 대해 뭔가 알고 있는 게 분명하다.

그때 군인인 미카엘 풀케의 추적은 따돌렸지만, 당신이 수풀에 숨어 있었다는 사실을 자리 박사도 이미 알고 있을 것이다. 연구소의 문은 굳게 잠겨 있었고 노크를 해도 반응이 없다. 창문으로 들여다봤지만 어두컴컴해서 안의 모습은 보이지 않는다.

➡ 들어갈 수 있는 곳이 없는지 찾아본다. → 52로

251
252
253
254
255
256

255

당신은 메르그 호수로 찾아가 다시 요정을 불러 보았다.

"요정, 이리 나와봐!" 하지만 아무리 불러도 요정은 나타나지 않았다.

➡ 포기하고 그 자리를 떠난다. → 402로

256 ↪ 275

"**잠**깐, 미셸! 여기 손님이 왔잖아요!"

"당신은 사지도 않을 거잖아요. 그 보다…, 셰리가 무녀의 후손일지도 모른다던데요. 후우~"

"네? 셰리 씨한테 들었어요?"

"네, 셰리가 그러던걸요. 미셸은 늑대인간이 아니니까 가르쳐 주는 거라고. 하아~"

"비밀로 해달라고 했는데…."

"그래도 진짜 놀랐어요. 안나도 자기가 무녀의 후손이라고 했거든요."

"안나 씨도 그 말을 했단 말이에요?"

"네. 하지만 둘 다 무녀의 후손일 리는 없지 않겠어요? 그 말인즉슨, 셰리나 안나 중 한 명은 가짜라는 거잖아요? 어떻게 알아낼 수 있을까요? 후우~"

"그게 문제란 거죠…."

257

어제 구둣가게의 미셸이 요정을 목격한 곳이 바로 이 메르그 호수이다.

투명하고 파란 호수를 보고 있자니 당장이라도 요정이 나타날 것만 같은 신비로운 분위기를 풍기고 있다. 호수 주변의 빨간 열매가 무르익었는지, 새콤달콤한 향기가 주위를 물들이고 있다.

➡ **단서 Z에 관해서 수사한다. → 257 + 지시 번호 Z**
➡ **단서 b에 관해서 수사한다. → 257 + 지시 번호 b**

258 ↪ 232

"요정은 정말 반짝반짝 빛이 날까요?"

"나 말이야, 예전에 요정이랑 사진 찍은 적 있다구!"

"정말인가요?"

"역시 안 믿는구나."

"아뇨, 믿어요. 어떤 요정이었나요?"

"메르그 호수에 사는 요정이 제일 좋아하는 건, 바로 월귤 잼이야. 호수 주변에서 자라는 월귤을 따서 잼을 만든 다음, 그걸 호수에 뿌리면 돼."

"월귤을 따라는 말씀이군요."

"요정은 말이야, 정말로 맛있는 월귤만 먹어. 맛이 없는 월귤이 든 잼은 뿌려도 나와 주지 않아. 아마 우크메르 관광협회에서 나눠주는 가이드북에 맛있는 월귤 고르는 법이 나와 있을 거야."

엘시는 그렇게 말하며 먼 산을 바라보았다.

"아련하네. 내가 13살 때 일이었으니 벌써 51년이나 지났네. 요정이랑 사진을 찍었다니까. 거짓말쟁이 취급을 받았지. 그 애도 그런 일을 안 당했으면 좋겠는데 말이야."

【단서 Z에 '월귤 따기', 지시 번호 Z에 51이라고 기입】

259 ↪ 80

당신은 괴도가 던진 칼을 뽑아들고 자세를 가다듬었다.

하지만 늑대인간에게서 기죽은 기색 따윈 보이지 않았다. 오히려 저항하는 먹잇감 사냥을 즐기고 있는 듯 보였다.

➡ **늑대인간을 향해 칼을 던진다. → 429로**
➡ **공격할 틈을 노린다. → 161로**

260

마을의 북동쪽에 위치한 메르그 호수는 신비로울 정도로 투명한 파란 수면이 아름답기 그지없다.

호수 주변에는 무릎 정도 되는 키 작은 나무들이 빼곡하다. 자세히 보면 나무에는 자그마한 빨간 열매가 주렁주렁 달려 있다. 수풀에는 주변에 있는 높다란 나무가 그늘을 드리우고 있지만, 호수에는 햇살이 비춰 빛나 보였다.

흙이나 나뭇잎 밟는 소리와 멀리서 새의 지저귐만 들릴 뿐, 주위는 고요하다. 호수에는 잔물결 하나 없이 간간이 불어오는 산들바람이 수면을 찰랑찰랑 흔들고 있다.

261 ↪ 333

당신은 채색된 벽면에 다가섰다.

"왼쪽부터 파란색, 노란색, 빨간색, 녹색, 갈색이군…. 어디서 본 적이 있는 색 같은데…."

당신은 무녀의 무덤에 새겨져 있던 문장을 떠올렸다.

'책과 시계탑에 석판의 위치를 기록'

"지금은 이 채색이 의미하는 수수께끼를 못 풀겠군…. 고문서에 있는 수수께끼를 풀고 도달한 신전에 이 '5가지 채색'이 있었어. 이제 시계탑에 숨겨진 수수께끼를 풀면 이 채색과 조합해서 석판이 있는 곳을 알 수 있을 거야!"

【중요한 기록란 24에 '신전 벽의 채색, 왼쪽부터 파란색, 노란색, 빨간색, 녹색, 갈색'이라고 기입】

262

빨간 열매가 달린 수풀을 헤치고 나와 메르그 호수 둔치에 섰다. 호수는 오늘도 맑고 투명한 물을 뽐내고 있다.

"응?"

귓가에서 누군가가 속삭이는 듯한 기분이 들었다. 하지만 아무리 귀를 기울여 봐도 간간이 불어오는 바람에 수풀이 산들거리는 소리밖에 들리지 않았다.

"기분 탓인가?"

➡ **단서 Q에 관해서 수사한다. → 262 + 지시 번호 Q**

263 ↪ 295

"에드거 씨, 여행의 목적을 달성하셨는데, 이젠 어떻게 하실 생각이죠?"

"네. 어제 온종일 생각해 봤는데요, 다리가 복구되면 다시 여행을 떠나려고요."

에드거 키르쉬는 후련한 표정을 지었다.

"그래서 저도 청년단과 함께 다리 건설 작업을 돕기로 했어요. 다시 여행을 떠나더라도 이 아름다운 마을은 제 마음속의 고향이니까요. 언젠가 이곳으로 돌아와서 저 시계탑 옆에서 여생을 보내고 싶어요."

264

당신은 메르그 호수를 찾았다.

호수는 투명하기 그지없고, 옅은 색조가 중심으로 향할수록 점점 짙어져 갔다.

산들바람이 수면 위를 살며시 스치고 멍하니 바라보고 있자니 의식이 아득히 희미해져 가는 듯했다.

➡ 요정을 불러낸다. → 16으로

265 ↱ 376

촛대와 저울을 살펴봤지만 특별히 이상한 점은 없었다. 카메라를 들고 뒤집어 보자, 바닥에 필기체로 'H.C'라는 글씨가 새겨져 있었다.

"H.C. 해리 카샤사…? 제임스는 살해당하기 직전에 해리의 카메라를 고치고 있었던 거야. 35mm 필름인가. 현상해 봐야겠군."

가죽 카메라 케이스 속에는 한 장의 메모가 들어 있었다.

・7

"이게 뭐지?"

【단서 K에 '카메라와 필름', 지시 번호 K에 35라고 기입】

【중요한 기록란 7에 '카메라 케이스의 메모 '・7'이라고 기입】

262
263
264
265
266
267

266 ↱ 246

"**사**과에 대한 동화는 없나요?"

"사과? 글쎄…."

"분명 보석 속에 있던 사과에 53이라는 숫자가 적혀 있었어…. 53화를 빌려주시겠어요?"

"53화 말이지? 바로 가지고 올게."

엘시는 서고에서 메르그 동화 제53화의 사본을 가지고 와 당신에게 건넸다.

➡ 사과에 대한 동화를 읽는다. → 253으로

267 ↱ 196

검지 【집중력】

평소보다 더 집중하고 싶을 때, 오랫동안 일을 해서 주의력이 산만해졌을 때,

이 손가락에 반지를 끼고 있으면 당신의 집중력을 높여 줍니다. 일이나 공부, 그 밖에 무엇이든 쓸데없는 일에 정신을 팔지 않고 꿋꿋이 몰두할 수 있습니다. 단, 체력적으로 지쳐 있을 땐 효과가 없습니다. 그럴 땐 푹 쉬도록 합시다.

이 손가락과 관련 있는 행운의 숫자는 22입니다.

268 ↪ 197

"**안**나. 점괘를 들려주세요."

"그러죠! 어제는 말이에요, 고양이와 부엉이 호텔에 머물던 여행자의 점을 쳤어요."

"에드거를요?"

"네. 왠지 쓸쓸해 보이는 불꽃이긴 했지만, 꺼림칙한 느낌은 들지 않았어요. 그는 인간이에요!"

269 ↪ 252

"**어**제 이 근처에서 검은 개를 못 보셨나요?"

"어제라…. 음, 아, 아니 그게, 내내 안쪽 연구실에 쳐박혀 있어서 바깥의 상황은…. 헤헤."

"그러시군요."

"그게, 보지는 못했지만, 그러니까 연구소 뒤쪽에서 개가 으르렁거리는 소리는 들었습니다. 헤헤. 그런데 그게…, 짖는 소리만으로는 검은 개인지 어떤지 알 수가 없으니…."

"연구소 뒤쪽이라고 하시면 메르그 호수 쪽이겠군요."

270

마을의 한가운데에 위치한 우크메르 광장에서는 내일 열리는 미스 우크메르 마을 콘테스트를 위한 준비가 한창이다. 심사위원석과 관객을 위한 의자들 정면에 화려한 무대가 설치되었다. 내일이면 꽃도 기죽을 만큼 어여쁜 아가씨들이 이 무대에 올라 그 미모를 뽐낼 것이다.

광장에는 니모 그라파 촌장(27 페이지 참조)의 모습도 보였다.

"바빠 보이시네요."

"어떤가, 이 무대! 끝내주지 않은가?"

"멋지네요."

"응? 처음 보는 얼굴인데?"

"어제부터 이 마을에서 머무르고 있는 사설 탐정입니다. 잘 부탁드립니다."

"아, 그런가! 잘 부탁하네. 올해 그랑프리에겐 엄청난 보물이 수여된다네!"

"'공작'이라는 목걸이 말씀이시죠?"

"그렇다네. 그게 아주 엄청난 물건이지! 이 마을에서 대대로 내려온 목걸이거든."

➡ 콘테스트 참가자에 관해서 묻는다. → 224로

➡ 단서 D에 관해서 수사한다. → 270 + 지시 번호 D

271 ↪ 157

"**당**신이 '공작'을 가지고 있다던데."

"네, 괴도에게서 공작을 지켜낸 보답이랄까요…."

"흐음. 보석의 가치도 모르는 자가…, 뭐 상관없어. 그 목걸이 말이야, 각각의 돌만 보면 엄청난 물건이지만 목걸이 자체는 질이 아주 형편없어. 디자인도 차마 눈 뜨고 볼 수가 없을 정도지. 돌과 목걸이의 균형이 너무 부자연스러워. 마치 어딘가에서 돌을 캐 와서 적당히 붙여 둔 것 같다고나 할까."

272

"**오**늘 우크네르 광장에서 열렸어야 할 미스 콘테스트는 괴도의 예고장 때문에 중지되고 말았다.

광장에서는 촌장이 이벤트장 정리를 지휘하고 있었다.

"촌장님, 마음이 아주 무거우시겠습니다."

촌장의 어깨가 축 쳐져있다.

"그러게 말일세…. 다리가 망가지질 않나, 늑대인간이랑 괴도가 동시에 나타나서 마을을 쑥대밭으로 만들어 놓질 않나…. 탐정 양반, 어떻게 좀 해 보게나…."

"최선을 다하겠습니다."

➡ 괴도의 예고장을 보여달라고 한다. → 226으로

➡ 단서 L에 관해서 수사한다. → 272 + 지시 번호 L

➡ 단서 M에 관해서 수사한다. → 272 + 지시 번호 M

273 ↩ 247

"**여**긴 메르그 호수와 가까운데, 자리 박사님은 요정을 보신 적이 있나요?"

"헤헤, 요정 같은 게 있을 리 없죠. 헤헤."

274 ↩ 97

예배당에는 꽃집 포피에서 일하는 미모의 종업원인 셰리 럼이 와 있었다.

➡ 점괘 결과에 관해서 묻는다. → 339로

➡ 괴도가 보낸 꽃에 대해 묻는다. → 374로

➡ 신도에 대해 묻는다. → 422로

275

미셸은 어김없이 따분하다는 듯 구둣가게를 지키고 있다. 핑크 구름은 평소엔 그다지 손님이 많지 않아 미셸은 농땡이만 부리고 있다. 오늘은 의자에 앉아 카운터에 얼굴만 내민 채, 흐리멍덩한 눈으로 중얼중얼 말하고 있었다. 이제는 당신을 손님으로 맞이할 생각이 전혀 없는 듯 보였다.

➡ 미셸의 독백을 듣는다. → 303으로

➡ 손님이 왔음을 알려준다. → 256으로

276 ↪ 116

"**두** 손님은 아직 여기 계신가요?"

"다리가 저 모양이니 마을에서 나갈 수 없잖아. 당분간은 우리 호텔에 머물 것 같아. 아 참, 에드거 씨 말이야, 부모님을 찾으러 여행을 다닌다나 봐! 아직 젊은데 고생이 이만저만이 아니지 뭐야~"

277

오늘 신문에 요정 목격담이 실려 구둣가게에서 일하는 미셸은 일약 화제의 인물이 되었다. 마을 사람들은 죄다 구둣가게인 핑크 구름에 모여들어 미셸과 악수를 하거나 요정과 만났을 때의 상황이나 기분을 물었다. 미셸도 처음엔 즐거워했지만, 같은 질문을 하는 마을 사람들에게 완전 질려버린 기색이 역력했다. 저녁 무렵이 되자 찾아오는 사람이 줄어 평소의 모습을 되찾았다. 결국, 미셸은 시시하다는 듯 턱을 괴었다.

➡ 요정에 관해서 묻는다. → 20으로
➡ 신문의 M.P라는 이니셜에 관해서 묻는다. → 412로

273 274 275 276 277 278 279

278 ↪ 204

"**어**젯밤엔 레스토랑 셰프인 펠릭스를 점쳐 봤어요!"

"양들의 단잠에서 일하는 펠릭스 말이죠?"

"네. 그의 불꽃은 꿈을 좇아서 타올랐어요. 그는 꿈을 꾸는 평범한 청년이에요."

279 ↪ 262

"**엊**저녁에 하티가 이 근처까지 온 게 분명해. 슬슬 배도 고파올 시간이니 녹초가 됐을 텐데."

당신은 하티를 찾아 메르그 호수 부근을 걸었다. 호수 북쪽을 한동안 걸어가자, 멀리서 찻집 뿔피리의 뒤쪽 테라스가 보였다. 오늘도 안나 칼바도스가 홍차를 서빙하고 있을까. 돌아가는 길에 들러 케이크라도 먹고 갈까…. 생각하던 차에 수풀 속에서 뭔가가 꿈틀거렸다.

"하티!?"

바스락거리며 수풀이 흔들리더니, 검은 개가 안쪽에서 얼굴을 쏙 내밀었다. 당신은 하티에게 달려가 꼬리를 흔들며 반기는 개의 목에 팔을 둘러 쓰다듬었다.

"찾았다! 왜 도망친 거야? 응?"

다시 하티를 바라보자 입에 가죽 구두 한 짝이 물려 있었다.

"이 구두는 뭐지? 여기서 주운 거야?"

구두는 흠집 하나 없이, 방금 누군가가 이곳에 벗어 놓고 간 것처럼 멀쩡했다. 사이즈는 27cm.

"그렇구나! 괴도가 엊그제 밤에 코냑 씨 저택에서 보석을 훔친 다음 메르그 호수 근처에서 사라졌어. 아니, 여기서 마을 사람 중 한 명으로 변장하고는 아무렇지도 않은 얼굴로 마을로 숨어들었어. 이 구두는 그때 벗어 놓은 거야!"

【단서 R에 '괴도의 구두', 지시 번호 R에 27이라고 기입】

【중요한 기록란 12에 '괴도는 27cm 사이즈의 구두를 신는 인물'이라고 기입】

280

아라크네스 거리에 있는 구둣가게 '핑크 구름'을 찾았다.

이곳은 구두뿐만 아니라 모자나 액세서리도 팔고 있는 듯했다.

이 가게에서 일하는 미셸 피스코(26 페이지 참조)와 이야기를 나누었다.

"어서 오세요!"

"안녕하세요. 잠깐 뭣 좀 여쭤봐도 될까요?"

"누구시죠? 하아~"

"어제 이 마을에 온 탐정입니다. 잘 부탁드립니다."

"예. 전 미셸이라고 해요. 잘 부탁해요. 후우~"

➡ 미셸과 이야기한다. → 183으로

➡ 단서 D에 관해서 수사한다. → 280 + 지시 번호 D

3층 복도 끝에 있는 사다리를 타고 올라 천장에 달린 열쇠를 열었다. 당신은 그곳에서 상반신을 밖으로 내밀었다. 지상은 평온했지만, 옥상에는 강한 바람이 불고 있었다. 말이 옥상이지 지붕 변두리를 빙 에워싼 폭 60cm 정도의 발판에 무릎 위 정도로 오는 펜스가 있을 뿐이다. 3m 정도 되는 지붕의 경사면이 있고 그 위에는 아치 모양의 창이 나 있다. 그 안에는 종이 매달려 있다.

회중시계로 시간을 확인하니 바늘은 22시 50분을 가리키고 있다. 옥상으로 기어 올라갔다.

"높구나."

높은 곳을 무서워하지는 않지만 이런 곳에 오르니 현기증이 났다. 거기에 불어오는 바람. 균형이 무너지기라도 하면 곤두박질치고 말 것이다. 당신은 마을을 내려다보았다. 조그만 가스등 불빛이 군데군데에서 빛을 내고 있었다.

"어서 오시게."

문득 놀라 정면을 바라보자 희미하게 빛나는 황금 가면이 득의양양한 미소를 짓고 있었다. 검은 중절모에 검은 망토, 검은 구두까지 신고 있어 마치 얼굴이 공중에 떠 있는 듯 보였다.

"그 암호를 풀고 여기까지 오다니, 정말로 대단하군. 난 지금 아주 흥분된 상태야. 명탐정. 이제야 눈엣가시 같던 파리를 없앨 수 있으니 말이야."

"헛소리를 지껄이는 것도 이게 마지막이다. 네 정체를 만천하에 드러내 주마!"

"실은 말이야 난 피 보는 걸 아주 싫어해. 아름답지 않거든. 탐정, 그대라면 이해할 것 같은데, 지성과 지성의 맞대결이야말로 가장 아름답다 생각하지 않나?"

괴도는 마을을 내려다보며 말을 이어 나갔다.

"하지만 여기까지 왔으니 어쩔 수 없지. 결투는 둘 중 하나가 죽지 않으면 끝나지 않을 테니. 물론 죽는 건 그대겠지만…. 그런데 말이야, 그대는 내가 누구로 변장하고 이 마을에 숨어들었는지 알고 싶지 않은가?"

"대충 짐작은 하고 있다. 당신은 어리석게도 중지에 낀 반지나 구두 같은 증거를 남겼더군."

"흐음, 그런가? 그럼 마지막이 될테니 결정적인 단서를 가르쳐 주지."

괴도88은 품속에서 칼을 꺼내 들었다. 그에 맞서 자세를 잡은 당신을 향해 괴도가 말했다.

"안심해도 좋아. 이런 거로 그대를 죽이는 시시한 짓 따위 하지 않을 테니."

괴도는 꺼내든 칼에 작은 종이를 꽂아서 던졌다. 칼은 당신 근처에 있는 지붕에 꽂혔다.

"그 수수께끼를 풀 수 있을까?"

당신은 괴도에게 시선을 고정한 채 손을 뻗어 종이를 쥐었다.

→ 96으로

282

미셸은 한 손으로 책을 뒤적이며 다른 한 손으로 턱을 괴고는 한숨을 내쉬었다. 카운터에는 아름다운 꽃이 장식되어 있어 아주 좋은 향기가 났다.

➡ 읽고 있는 책에 관해서 묻는다. → 306으로

➡ 장식된 꽃에 관해서 묻는다. → 391로

➡ 단서 P에 관해서 수사한다. → 282 + 지시 번호 P

➡ 단서 R에 관해서 수사한다. → 282 + 지시 번호 R

283 ↪ 55

"어제는 자세히 말씀드리지 못했지만, 전 늑대인간의 정체를 밝히기 위해서 전설의 무녀가 남긴 석판을 찾고 있습니다. 촌장님께선 무녀에 대해 뭔가 알고 계신 게 있나요?"

"으음…. 석판에 대해선 처음 듣는데…, 전설의 무녀에게 후손이 있단 말은 들어본 적이 있다네."

"그렇군요. 레스토랑에 걸려 있는 무녀가 그린 그림에 후손을 각성시키기 위한 장치가 숨겨져 있었어요. 안나나 셰리 중 한 명은 무녀의 후손이고, 다른 한 명은 미치광이의 후손입니다. 15세기의 마녀 사냥으로 처형된 무녀는 후손이 같은 일을 당할까봐 혈통을 봉인했던 것 같아요."

"무녀의 후손이라고 모두 무녀의 능력을 가지고 있는 건 아닐 걸세. 능력을 발휘할 수 있는 자에겐 공통점이 있다고 했지…. 레스토랑에 있는 무녀가 그린 그림에 그 비밀이 감춰져 있다고 들었네."

"각성시키기 위한 장치뿐만 아니라…, 무녀의 공통점도 숨겨져 있단 말씀이신가요?"

"맞아…. 자네는 레스토랑에 걸린 그림의 겉만 보고 각성을 위한 장치에 숨어 있는 비밀을 풀지 않았나? 그렇다면 아마도 나머지 비밀은 그림 뒤쪽에 숨겨져 있겠지. 뒤쪽에 있는 석고를 살살 깎아 보게나. 이걸로 말일세."

촌장은 그렇게 말하며 당신에게 20cm 정도 되는 줄을 건넸다.

【단서 v에 '그림 뒤쪽', 지시 번호 v에 20이라고 기입】

284

미셸은 오늘도 구둣가게 카운터에서 턱을 괴고 있다. 어쩐지 요정을 목격했다는 인기는 하루 만에 사라진 듯 보였다.

"사람이란 게 원래 다 그렇지 뭐~"하며 미셸은 초월한 듯 말했다.

오늘은 평소보다 손님이 많은지, 곡예사인 마리 크미스도 물건을 사러 와서는 진열된 모자를 보고 있다.

➡ **미셸과 이야기한다. → 363으로**
➡ **마리와 이야기한다. → 348로**

285 ↪ 170

시계탑 관리인 실에는 초로의 남자가 상주하고 있다.

40년의 경력을 자랑하는 베테랑 관리인, 프리츠 키르쉬(21 페이지 참조)이다.

프리츠는 홀로 이 시계탑 일을 도맡아 하고 있다. 거대한 톱니바퀴와 시계추, 인형 수리나 조정에서 청소까지 모두 혼자서 담당하고 있다.

고집이 세고 말수가 적은 장인 기질로, 온 마을 사람들은 이 일이 그의 천직이라고 인정하고 있으며 본인도 그렇게 생각하고 있다.

그는 마침 잠시 쉬려던 참인 듯, 의자에 앉아 신문을 읽고 있었다.

당신은 "안녕하세요?"하고 인사했지만, 그는 귀찮다는 듯이 과묵하게 눈길만 건넸다.

➡ 시계탑에 관해서 묻는다. → 424로

➡ 태엽 인형에 관해서 묻는다. → 121로

➡ 단서 D에 관해서 수사한다. → 285 + 지시 번호 D

➡ 2층으로 올라간다. → 147로

286 ↪ 144

책장에는 수리에 관한 책 말고도 하수로 지도나 수리 기록이 나란히 꽂혀 있다. 당신은 하수로 지도를 뽑아 들었다.

➡ 지도를 펼친다. → 413으로

287 ↪ 197

"안나, 이걸로 월귤 잼을 만들어 주실 수 있나요?"

"어머, 월귤 열매를 이렇게나 많이! 이 정도면 잔뜩 만들 수 있겠어요. 슬슬 손님들도 돌아갈 시간이니 지금 만들어 줄게요! 잠깐만 기다리세요."

안나는 열매를 깨끗이 씻어 법랑 냄비에 집어넣고는 졸이기 시작했다. 30분 정도 지나자 엄청난 양의 설탕을 넣고 마지막에는 무슨 주문이라도 거는 듯 하더니 작은 병에 담아 가져다주었다.

"여기요! 다 됐어요! 42그램이네요."

"고마워요, 안나. 이젠 요정을 만날 수 있겠어요."

"요정을요?"

"네. 요정에게 볼일이 있거든요."

【단서 b에 '월귤 잼', 지시 번호 b에 42라고 기입】

288 ↪ 100

예배당은 고요한 분위기 속에 가
지런히 정렬된 긴 의자 사이로 붉은
카펫이 깔렸다. 당신이 이곳을 찾았
을 때도 몇몇 신도들이 예배를 보고
있었다.

➡ 신도에게 말을 건다. → 405로

➡ 종교화를 살펴본다. → 307로

289 ↪ 378

의약품 선반에는 약품이 즐비하게 늘어서 있다. 라벨을 읽어 봐도 그것이 어
떤 용도로 이용되는지는 알 수 없었다.

290 ↪ 140

"제가 도울 일이 없을까요?"

"응? 글쎄 내 정신 좀 봐. 부품이 다 떨어졌지 뭔가. 체인 같은 거라도 있으면
대신 쓸 수 있을 텐데 말야…."

"체인…. 제 회중시계에 달린 체인은 어젯밤 골짜기 밑으로 떨어져 버려서…."

"골짜기 밑? 당신 어젯밤에 우크메르 다리를 건너온 거야? 설마 당신이 다리
를 부순 건 아니겠지!"

"아, 아닙니다!"

"흠, 그렇군! 다리를 부수다니, 젠장! 엄청난 짓을 저질렀어!"

➡ 단서 G에 관해서 수사한다. → 290 + 지시 번호 G

5월 12일

【2일차 수사 시트를 펴고 뒷면에 있는 신문을 읽은 후 수사를 시작한다. 오늘의 수사는 지도에 적힌 각 번지에 2를 더한다. 예를 들어, 지도에 100번지에 해당하는 장소가 있으면 오늘은 102번 단락으로 이동한다.】

292 ↪ 65

"부모님은 찾으셨나요?"

"아니요. 어제도 마을을 돌아다녀 봤지만 아무런 단서도 찾지 못했어요. 그나저나 저 시계탑에 있는 태엽 인형은 정말 멋지더군요. 15세기 중반에 이 마을을 떠돌던 장인이 만들었다고 하던데요."

"15세기 중반이라면 마침 무녀가 살았던 시대였네요."

"저도 같은 여행자 신분이라 궁금해서 이것저것 알아봤는데, 아무래도 그 장인은 무녀와 결혼했던 것 같아요. 아이도 낳고 한동안 두 사람은 행복하게 살았던 것 같은데, 하필 그 무렵 마녀사냥이라는 풍습이 이 지역에도 불어 닥쳐서…."

"처형당했군요…."

"예. 그리고 그 장인은 마을에서 쫓겨났다고 해요."

"그렇군요."

만약 늑대인간에 관한 예언이 적힌 석판이 마을 사람들에게 발견된다면 후세에 전해지기 전에 파괴되고 만다. 이를 우려했던 무녀가 석판을 마을 어딘가에 숨겨둔 것이다.

293 ↪ 272

그날 밤, 당신은 우크메르 광장을 찾았다.

회중시계의 바늘은 곧 21시를 가리킨다. 주변은 캄캄했지만 당신이 몸을 숨긴 곳에서는 콘테스트 본부에 있는 금고가 어스름하게 보였다.

21시.

시계탑의 종이 울렸다. 괴도는 아직 나타나지 않았다. 당신은 무의식중에 종이 울리는 횟수를 셌다.

하나…

둘…

셋…

넷…

다섯…

당신은 숫자 세기를 멈췄다. 아라크네스 거리에 있는 작은 다리에서 뭔가가 움직였기 때문이다.

온 신경을 집중해 어둠 속을 주시하자 검은 그림자가 기척도 없이 콘테스트 본부로 다가가는 모습이 보였다.

➡ 단서 S에 관해서 수사한다. → 293 + 지시 번호 S
➡ 단서 S에 기입한 것이 없을 경우 → 427로

294 ↪ 127

"**자**네, 어젯밤 괴도와 만났다던데. 얼굴은 확인하지 못했나?"

"네. 곡예사 같은 복장을 한 남자였다는 것만 알 수 있었습니다. 녀석은 이 마을 사람으로 변장해서 지금도 숨죽여 지켜보고 있을 겁니다."

"젠장! 정말이지, 쥐새끼 같은 놈이야! 내 소중한 보석을 훔치다니!"

코냑 씨는 자리를 박차고 일어서더니 얼굴이 시뻘겋게 달아올랐다.

295

"**마**고 페리는 콧노래를 부르며 프런트에 장식된 꽃에 물을 주었다.

"마고 씨, 기분 좋아 보이네요."

"어머, 탐정님. 기분 좋다니 말도 안돼. 요즘 계속 흉흉한 사건만 일어나니까 노래라도 부르지 않으면 우울해질 것 같거든."

➡ 마고와 이야기한다. → 235로
➡ 고양이 방으로 간다. → 74로
➡ 부엉이 방으로 간다. → 263로

늑대인간 마을에서 탈출

291
292
293
294
295

"**무**녀가 썼다는 고문서를 보고 싶은데요…."

"무녀의 고문서라. 잠깐만."

얼마의 시간이 지나자 엘시가 너덜너덜한 종이를 소중히 들고 왔다.

"자, 이거야."

【수수께끼를 풀고 나타난 문장에 포함된 숫자의 단락으로】

천사백팔십일년   팔월이십사일

탐구자에게꽃편지가도착하고 , 과거를쫓는자는생을다한다 .

저녁무렵석양의노을이사라질때   다리와연결된끈이끊어져

계곡으로떨어진후진실의종에서   바늘을조종하는이의혼이떠오른다 .

보물에숨겨진진짜의미를아는자 ,   황금으로된가면을쓴채

몰래숨어들고구름에뜻을새기면서   어둠으로스며든증오의신을

낳는다 . 지금당장잠을깨어라 , 예언의전모를알게될나의후손이여 !

숨겨진늑대인간의혼을알지어다 .   신기한힘을가진뜨거운바람 ,

언젠가그바람이불어왔을때   거인이빛의눈물을흘려주리라 .

무고한사람들이피해를입고…사람이사람을믿지못할때 ,

그토록오랜시간기다려온바로그순간을놓치지말지어다 .

297

마고 페리는 프런트에 앉아 꾸벅꾸벅 졸다가 당신의 기척을 알아채고 무거운 눈꺼풀을 들어 올렸다.

"희한한 일이네요. 언제나 활기에 넘치던 마고 씨가 졸고 계시다니."

"오늘 아침에 좀 일찍 일어났거든…. 후아암!"

마고는 커다랗게 기지개를 켜더니 눈을 부릅뜨고는 어깨와 목을 스트레칭했다.

"자! 다시 기운 차리고!"

➡ 신문의 M.P라는 이니셜에 관해서 묻는다. → 331로

➡ 단서 Y에 관해서 수사한다. → 297 + 지시 번호 Y

➡ 폴린에 관해서 묻는다. → 387로

➡ 고양이 방으로 간다. → 418로

➡ 부엉이 방으로 간다. → 65로

298 ↩ 247

그나저나, 요즘 도시 쪽에는 전쟁이 점점 더 치열해지고 있다던데요."

"큰일이군요. 정말. 헤헤. 그게 그러니까…, 우리 생활이 아무리 편리해지고 우주나 생명의 신비를 밝혀낸다 하더라도, 인간 그 자체는 시간이 아무리 지나도 진화되지 않아요. 어리석은 짓을 반복하곤 하죠. 헤헤헤."

299 ↩ 257

당신은 안나가 만들어 준 월귤 잼을 메르그 호수에 뿌렸다.

"정말, 이러면 요정이 나타날까…?"

빨간 잼이 물속으로 서서히 빨려 들어갔다. 푸른 물빛과 붉은 잼이 뒤섞여 보랏빛으로 보였다. 잼이 사라지자마자 살포시 바람이 이는가 싶더니, 당신의 눈앞에 요정이 나타났다.

키는 15cm 정도. 신문에 실린 대로 그림색 우웃빛 가운처럼 보이는 것을 걸친 소녀같은 모습으로, 등 뒤엔 날개가 달려 있었고 반투명해서 맞은편이 들여다보였다.

"새콤달콤하고 맛있는 냄새!"

깜짝 놀란 당신의 얼굴을 바라보던 요정의 몸에서 빛이 났다.

"월귤을 줘!"

➡ **단서 Y에 관해서 수사한다.** → 299 + 지시 번호 Y

300

'**고**양이와 부엉이'는 마을의 남동쪽, 캐트 시 거리와 릴리스 거리가 만나는 사거리에 있는 아담한 호텔이다. 이 주변에는 레스토랑이나 꽃집, 구둣가게 등이 있어서 활기찬 분위기이지만, 호텔 뒷골목만큼은 낮에도 어두컴컴해 으스스한 공기로 가득 차 있다.

➡ **호텔로 들어간다.** → 426으로
➡ **뒷골목으로 간다.** → 37로

301 ↪ 127

"**코**냑 씨는 박제된 새도 모으시나요?"

"음, 새는 아름다우니까. 병들어 죽은 새를 찾아서 우아하고 활기차게 하늘을 날던 모습으로 복원하지."

"아~ 코냑 씨는 새를 좋아하시는군요."

302

호텔을 찾아갔지만, 프런트에는 아무도 없었다. "실례합니다"하고 외쳐봐도 답은 들리지 않았다. 외출 중이라고 생각해 돌아가려던 차에 여주인인 마고 페리가 중얼거리며 돌아왔다.

➡ 무슨 일이 있었는지 묻는다. → 116으로

➡ 고양이 방으로 간다. → 231로

➡ 부엉이 방으로 간다. → 353으로

303 ↩ 275

"아아~. 오늘도 틀렸어… 하아~"

"틀렸다니요? 뭐가 틀렸단 겁니까?"

"신문에 실린 운세 말이에요…."

카운터 위에는 신문이 펼쳐져 있고 미셸이 그 위에 얼굴을 올려 놓은 채 신문을 읽고 있었다.

"그저께, 탐정님이 광고란에 실린 이니셜에 대해 궁금해 하시니까 저도 재미있어 보여서 읽어 보았죠…. 그런데 운세는 틀리기만 하고…. 후우~"

"운세라… 미셸은 별자리가 뭐죠?"

"저는 물고기 자리예요. 하아~"

304

마고 페리는 프런트에 앉아서 안경을 쓰고 신문을 읽고 있다.

➡ 마고와 이야기한다. → 199로

➡ 고양이 방으로 간다. → 318로

➡ 부엉이 방으로 간다. → 343로

300
301
302
303
304
305

305 ↩ 174

3층, 복도 끝에 걸린 사다리를 타고 옥상으로 나가 본다.

어젯밤에 있었던 괴도와의 대결, 그리고 늑대인간이 나타났다는 사실을 떠올리기만 해도 심장이 터질 듯 고동쳤다.
옥상은 어젯밤과 마찬가지로 강한 바람
이 불었다. 날이 밝으니 그 높이가 더
생생하게 느껴졌다.

"이런 곳에서 대결하려고 하다니…."

문득, 어젯밤 괴도가 서 있던 곳으로
시선을 돌리자 무언가가 떨어져 있었
다. 가까이 가서 주워보니, 오래된 회
중시계였다. 바늘은 멈춰있었고, 조절
핀은 중간이 휘어 있다. 귀에 대보아도
아무런 소리가 나지 않는다. 고장이 난
모양이었다.

"이건… 프리츠 씨의 회중시계인가?"

→ 148로

---

306 ↪ 282

"**무**슨 책을 읽고 계신가요?"

"『포토루시의 요정들』이라는 책이요. 후우~ 도서관에서 빌렸어요."

"재미있습니까?"

"으음~ 바람의 요정은 괴물이 싫어해요, 그리고… 저기…, 이건 뭐라고 읽죠?
저기요…? 아… 열풍을 불러일으킨다고 해요. 하아~, 너무 따분해…."

"미셸, 언제 봐도 나른한 모습인데 늑대인간이나 괴도가 무섭지 않아요?"

"늑대인간에게 습격당하는 건 싫어요. 아플 것 같으니까…. 후우~"

---

307 ↪ 288

3명의 마을 사람이 장작을 쌓아놓고 모닥불을 피우는 그림인데 평온한 분위
기는 눈곱만큼도 찾아볼 수 없었다. 타오르는 불꽃 속에서 몸을 비틀며 괴로워
하는 한 여성이 그려져 있었다.

"이건 마녀사냥의 모습을 그린 건가…. 섬뜩하군. 이렇게 평화로운 마을에 이
런 사건이 있었나?"

"**어**디 보자. 맛있는 월귤만 골라서 따야 할텐데."

【지금까지 얻은 정보를 참고해서 맛있는 월귤을 수확한다. 통과한 수를 모두 더한
 숫자에 해당하는 단락으로 】

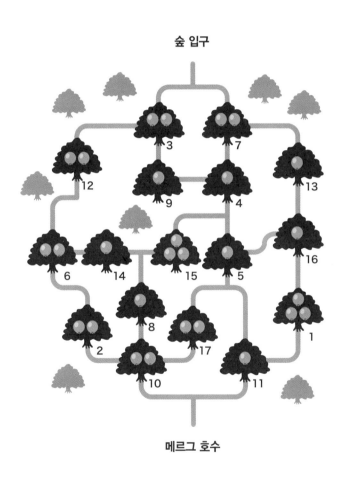

숲 입구

메르그 호수

• 숲 입구에서 호수까지 통과할 동안 맛있는 월귤나무만 골라 지나갈 수 있다.
• 같은 장소는 두 번 이상 지날 수 없다.

"**미**셸, 이 가게에서 27cm의 구두를 주문한 사람이 누군지 알 수 있나요?"

"알 수 있죠~ 후우~ 잠시만요. 고객 명부를 좀 볼 테니까…."

미셸은 카운터 뒤에 놓인 책장을 느릿느릿 뒤져서 한 권의 고객 명부를 꺼냈다.

"어디보자~ 아, 여기있네요."

핑크 구름 주문 제작 구두 27cm

- 자리 우조 Jarry Ouzo
- 니모 그라파 Nemo Grappa
- 파스칼 아르마니 Pascal Armani
- 파타피 진 Pataphy Gin

"이게 전부인가요?"

"네. 맞아요."

5월 13일

잠이 덜 깬 눈으로 신문을 펼치자 지면 사이에서 종이 한 장과 꽃이 바닥으로 떨어졌다. 당신은 허리를 숙여 종이와 꽃을 주워 들었다. 종이에는 수수께끼처럼 보이는 문장이 쓰여 있었고 그 내용을 확인한 당신의 눈이 번쩍 뜨였다.

그대를 기다리고 있다.

– 괴도88

시악빕밤마해해사혜탄캅

"괴도 녀석! 뭐야, 이 문장은…?"

괴도88의 서명과 의미를 알 수 없는 의문의 문자열.

"그리고 이 꽃은…?"

당신은 꽃을 관찰했다. 아름다운 붉은 꽃잎을 가진 지름 3cm의 꽃. 이건 대체 무엇을 의미하는 걸까.

【3일차 수사 시트를 펴고 뒷면에 있는 신문을 읽은 후 수사를 시작한다. 오늘의 수사는 지도에 적힌 각 번지에서 3을 뺀다.】

【중요한 기록란 13에 '시악빕밤마해해사혜탄캅'이라고 기입】

311 ↩ 220

당신은 신부의 뒤를 쫓아가 이야기를 들어 보기로 했다.

"신부님⋯ 어제 돌아가신 해리 씨의 시신은 지금 안치소에 있나요?"

"그렇습니다." 신부는 변함없이 차가운 표정으로 말했다.

"유품도 함께 있습니까?"

"네. 무슨 일이라도?"

"저는 탐정입니다. 어제 일어난 사건을 조사하고 있습니다."

"탐정이시군요." 신부는 작은 소리로 중얼거리고는 잠시 생각한 후 말했다.

"만약⋯, 이 교회에서 알아내신 게 없다면, 종교화를 보고 묘지로 간 다음에 신도의 이야기를 들어주십시오. 순서가 중요합니다. 그리고⋯, 당신은 탐정이니 두뇌를 잘 쓰시겠지요⋯. 그럼 실례하겠습니다."

312 ↩ 08

"어젯밤에는 코냑 씨에게서 빛을 느꼈어요."

"대부호인 코냑 씨말인가요? 그래서요?"

"코냑 씨는 여유로워 보이지만 세상 물정에는 조금 어두운 빛이었지요. 우후후."

"그 말은, 코냑 씨도 인간이라는⋯."

313 ↩ 163

"기⋯, 기다려! 이거⋯."

당신은 주머니에서 메르그 호수에서 주운 사과를 꺼내며 말했다. 늑대인간은 순간 호기심에 찬 표정을 지었다가, 낮은 목소리로 으르렁거리듯이 말했다.

"이 따위 걸⋯, 먹을 거라고 생각하나?"

"나도 반을 먹겠어."

힘을 조금 가했더니 사과가 반으로 쪼개졌다.

➡ **빨간 쪽을 늑대인간에게 건넨다. → 101로**

➡ **파란 쪽을 늑대인간에게 건넨다. → 216으로**

309
310
311
312
313

"**오**르비에서 군사 훈련을 하는 것 같아요."

"이 마을은 오랫동안 전쟁과는 거리가 먼 것 같았지만, 이미 턱 아래까지 전쟁의 그림자가 다가온 것 같네요."

"반전 조직, 아리스토라는 게 뭔가요?"

"이 전쟁을 장기전으로 만들고 있는 건 포토루시 왕국군입니다. 무기 개발과 군수 산업은 돈이 되니까요. 반전 조직 아리스토가 군중을 계몽시킬만한 활동을 하지 않는 한, 전쟁은 계속되겠지요."

셰리는 조용한 성격이지만 오늘은 평소보다 바쁘게 움직이고 있었다.

"안녕하세요, 셰리 씨. 오늘은 한결 기분이 좋아 보이네요".

"네. 늑대인간은 무섭지만, 너무 깊게 고민하지 말자고 생각했어요. 우후후."

➜ 점괘 결과에 관해서 묻는다. → 369로

➜ 공작에 관해 묻는다. → 403으로

➜ 단서 r에 관해서 수사한다. → 315 + 지시 번호 r

"**교**회 묘지에 무녀의 무덤이 있는 것 같던데, 어떤 특징이 있는지 알고 계신가요?"

"무덤의 특징? 으음…. 난 자세한 건 모르겠네. 미안하군…."

꽃집에는 셰리가 보이지 않았다. 가게 주인에게 물어보니 오늘은 쉬는 날이라고 했다.

"글쎄, 교회에 간 게 아닐까?"하고 나이든 주인은 익숙한 손놀림으로 꽃을 다듬으며 말했다.

318 ↪ 304

고양이 방을 노크했지만, 대답이 없다. 마리는 외출한 듯싶었다.

319 ↪ 125

"**일**전에 무녀의 무덤에 대해서 여쭸었는데, 코냑 씨는 다른 건 모르시나요? 예를 들면 레스토랑에 걸려 있는 무녀의 그림에 얽힌 이야기라든가⋯."

"그 그림을 무녀가 그렸다는 건 알고 있지만⋯, 미안하게도 자세한 건 몰라."

320

바야드 거리에는 재봉집, 서점, 레스토랑, 담배 가게 등 다양한 가게가 늘어서 있으며 오후가 되면 한층 떠들썩하다. 작은 꽃집 포피는 그런 떠들썩함 속에서 이곳만이 시간이 멈춘 듯 여유롭게 영업하고 있다.

모자에 장식 깃털을 단 노부인이 십자가 펜던트를 목에 건 젊은 여종업원과 함께 꽃을 고르고 있다. 이윽고 노부인은 꽃다발을 품에 안고는 미소를 지으며 그곳을 떠났다. 당신은 여종업원에게 말을 걸었다.

"안녕하세요. 저는 사설 탐정입니다. 잘 부탁합니다. 오늘은 날씨가 좋네요."

"저는 셰리 럼(17 페이지 참조)이에요. 햇살이 좋으니 꽃들도 기뻐하고 있네요. 우후후."

➔ 십자가 펜던트를 칭찬한다. → 73으로

➔ 단서 B와 C에 관해서 수사한다. → 320에 지시 번호 B와 C의 곱을 더한 숫자에 해당하는 단락으로

314
315
316
317
318
319
320

정면에 있는 벽을 주의 깊게 살펴보니 얼룩진 듯한 선이 울퉁불퉁 튀어나와 벽면을 가로지르고 있다.

"이 모양… 어디선가 본 적이 있는데…."

당신은 한 발자국 물러나 그 얼룩을 전체적으로 바라보았다.

"이 울퉁불퉁함…. 산과 계곡을 표현한 것 같은데…. 그래! 냐마 산맥이야! 이 것은 시계탑의 복도 창문에서 보이는 냐마 산맥의 능선이야."

【수수께끼를 풀고 나타난 숫자의 단락으로】

322

셰리는 어제와 변함없는 모습으로 꽃을 가꾸고 있었다. 가게 안에는 꽃다발을 만들 동안 대기할 수 있는 작은 테이블과 벤치가 있다. 당신이 벤치에 앉자 셰리는 홍차를 내왔다.

➡ 일에 관해서 묻는다. → 410으로

➡ 점괘의 결과에 관해서 묻는다. → 233으로

➡ 단서 P에 관해서 수사한다. → 322 + 지시 번호 P

"마고 씨, 요정을 본 적이 있습니까?"

"요정? 본 적은 없지만, 있다면 멋질 거야. 하지만 요정과 마주치면 쥐도 새도 모르게 사라진다던데!"

"사라진다구요…?"

324

셰리는 멍한 표정으로 가게 앞의 꽃들에 물을 주고 있었다. 당신이 가까이 가도 눈치채지 못하는 듯했다.

➡ 말을 건다. → 08로

325 ↩ 299

"**요**정이 말할 때 몸에서 빛이 나는 것처럼 보이는군. 모과의 꽃말은 '요정의 반짝임'…. 그 괴문서의 암호는 요정의 언어, 요정어인 건가?"

"어이, 이제 월귤을 주지 않는 거야?"

요정에게서 빛이 났다.

"요정, 너희의 말을 우리 말로 번역할 수 있는 방법을 알려줘. 알려준다면 이 잼을 전부 줄게."

당신은 남은 잼이 들어있는 병을 요정에게 보여주었다.

"좋아, 알려줄게! 잘 들어!"

→ 36으로

326 ↩ 144

캐비넷 안에는 수리용 공구가 들어있다. 특별히 이상한 점은 없다.

327 ↩ 145

고양이 방을 두드리자 "네에~"하고 높은 목소리가 들려오더니 안에서 날씬한 여성이 나타났다.

"누구?"

"어제 일어난 살인 사건을 수사하고 있는 탐정입니다. 잠깐 괜찮을까요?"

"네, 그러세요…. 제 이름은 마리예요. 마리 크미스(25 페이지 참조). 오딜롱 서커스단의 곡예사예요. 잘 부탁해요!"

그녀는 왼손을 내밀어 당신에게 악수를 청했다.

"처음 뵙겠습니다. 마리 씨. 3일부터 여기에서 머무르셨다고요?"

"네. 지금은 서커스단 공연이 없거든요. 잠깐 관광을 하려고 이 마을에 왔어요."

"관광? 시계탑 말입니까?"

"맞아요! 참으로 멋진 시계탑이에요~"

"어젯밤에 일어난 사건은 알고 계신가요?"

"이 호텔 뒷골목에서 사람이 살해당한 사건 말이죠? 평화로운 마을이라고 들었는데 다리도 부서지고…. 무섭네요."

321
322
323
324
325
326
327

➡ 곡예에 관해서 묻는다. → 124로

➡ 시계탑에 관해서 묻는다. → 151로

328 ↪ 423

당신은 프리뮬러의 꽃말을 조사했다.

"프리뮬러…, 꽃말은 '희망'이군. 흐음."

329 ↪ 293

"**하**티! 지금이야!"

당신은 소리쳤다. 검은 그림자는 움직임을 멈추고 순간 당황한 듯했지만 금방 방어 자세를 갖추었다. 숨어있던 하티가 검은 그림자를 향해 돌진하자 그림자가 엉덩방아를 찧는 소리가 들렸다. 당신도 그 그림자를 향해 달려든다.

하지만 당신의 팔은 허공을 가로질렀다. 3m 정도 앞에서 착지하는 발소리가 들렸다. 하티는 당신의 바로 근처에서 소리가 난 방향을 보고 으르렁거리고 있다.

"개가 동료였다니. 대단하군, 하하하."

암흑 속에서 괴도가 웃었다. 남자 목소리다.

"놓치지 않겠다. 각오해라!"

"후후후…. 그대를 조금 만만하게 본 거 같군. 무례를 사과하지."

"하티, 가자!"

당신이 한 발자국 내딛자 마자 괴도는 지면을 향해 팔을 휘둘렀다. 무언가가 튀는 소리가 나면서 새하얀 빛이 당신과 하티를 감싼다.

"우왓!" 당신과 하티는 눈을 뜰 수 없었다.

"또 만나자고! 탐정! 으하하하하하…!"

"거기 서!"

웃음소리가 멀어진다. 시간이 지나 시력이 회복되자 또다시 짙은 어둠과 정적이 깔려있었다. 더는 사람의 기척이 들리지 않았다.

"놓쳤어…, 당했군! 공작은 어떻게 된 거지?!"

당신은 황급히 본부의 텐트로 돌아갔다. 금고는 무사히 그곳에 있었다. 당신은 가슴을 쓸어내렸다.

"후우. 목걸이는 지켰지만, 그 녀석은 놓치고 말았어…. 하티, 수사에 협력해 줘서 고마워."

하티는 분하다는 듯, 끙하고 울었다.

【단서 T에 '공작 사수 성공', 지시 번호 T에 14라고 기입】

330

안쪽 카운터에 앉아있는 가게 주인은 몸집이 작은 노인으로, 두꺼운 사각형 안경을 쓰고는 찾아오는 손님들을 향해 방긋방긋 웃고 있다. 좌우의 진열장에는 중고 카메라와 렌즈, 케이스, 관리 용품 등이 빼곡하게 진열되어 있다.

➡ 단서 K에 관해서 수사한다. → 330 + 지시 번호 K

331 ↩ 297

오늘 아침 신문 광고란에 M.P라는 이니셜이 있던데요…."

"어머! 내 이니셜이랑 똑같네!"

"짐작 가는 데가 있으신가요?"

"미안하지만, 없어. 하지만 M.P라는 이니셜은 나 말고도 얼마든지 있잖아? 구 둣가게의 미셸도 그렇고, 미셸 피스코!"

"그렇죠…. 참고로 신문에는 그 M.P라는 이니셜과 이상한 도형 암호가 실려 있었습니다."

"나나 미셸이 암호 같은 걸 쓸 일이 뭐가 있겠어. 당신, 이상한 말을 하네! 아 하하하!"

328
329
330
331
332

332 ↩ 320

당신은 셰리를 향해 네 번 손뼉을 치고 세 번 윙크했다.

그러자 셰리는 천천히 눈을 뜨고 그대로 움직이지 않았다. 마치 시간이 멈춘 것처럼 시선이 허공 어딘가에 멈춰 있었다. 얼마의 시간이 지나자, 눈을 깜박이는 셰리의 눈동자에는 지금까지와는 다른 힘이 깃들어 있는 것처럼 보였다.

"내가, 무녀의 후손…? 방금 그게 신호였나요?"

"셰리 씨, 해리 카샤사 씨가 호텔 뒷골목에서 살해당한 걸 알고 있죠? 이번 사건에는 당신의 특별한 능력이 필요합니다. 힘을 빌려주실 수 있나요?"

셰리는 천천히 끄덕였다.

"네…. 오늘 밤부터 마을 사람을 한 명씩 점치면 되는 거죠? 그 사람이 정말로 인간인지, 무서운 괴물인지 저는 알 수 있어요. 무섭지만…, 우리 함께 늑대인간을 찾아봐요."

"그리고, 이건 비밀입니다. 늑대인간에게 들키면 당신의 목숨이 위험할지도 모르니까요."

"알겠어요."

"그럼, 셰리 씨가 좋아하는 숫자는요?"

"그러니까, 음…. 27이에요. 전, 27일에 태어났거든요."

333 ↪ 400

당신은 정면에 놓인 계단을 올라갔다. 제단 곳곳에 대리석이 쓰여진 모양이었다.

제단 안쪽 벽면의 일부는 다섯 가지 색깔로 채색되어 있었다. 도장은 꽤 많이 벗겨져있었지만, 그 상태를 보면 신전이 폐허가 된 후에 칠해진 것임을 분명히 알 수 있다. 당신은 그 벽에서 해리 카샤사의 사진에 찍혀있던 마크를 발견했다. 무녀의 마크이다.

"이건 무녀가 칠한 건가…?"

➡ **채색된 벽을 조사한다.** → 261로

334 ↪ 197

"**오**늘자 신문 보셨나요? 미셸이 요정을 목격했다고….."

"봤어요! 우리 가게에서 차를 마신 뒤에 요정을 봤다죠? 정말 대단해요!"

"미셸은 여기서 뭘 먹은 건가요?"

"어 그러니까…. 월귤 잼 치즈 케이크에 월귤 차를 마셨어요. 미셸은 월귤을 굉장히 좋아하니까요. 향수도 월귤향을 쓸 정도라구요."

335 ↪ 196

중지 【액막이】

아무리 신중하게 준비해도 예기치 못한 해프닝은 일어나는 법.

이 손가락에 반지를 끼면 그런 갑작스러운 사고를 피할 수 있을 것입니다. 그 결과, 무엇을 하든 빠르고 현명하게 행동할 수 있습니다.

자신감을 갖는 건 좋지만, 과신하지 말고 목적을 무사히 달성하면 반지의 효력에 감사하는 마음을 잊지 말도록 합시다.

이 손가락과 관련 있는 행운의 숫자는 71입니다.

336 ↪ 192

"**열**렸다!" 당신은 자물쇠를 풀고 안치소 문을 열었다.

안치소 내부에는 으스스한 정적이 흘렀다. 중앙에 침대가 하나 놓여 있었고 그 위에 씌워진 하얀 천이 인간의 형태로 부풀어 있다.

당신은 조심스럽게 천의 일부를 들춰 보았다.

구깃구깃한 짧은 코트와 줄무늬 천으로 만든 웨스트 코트가 피로 거무칙칙하게 물들어 있다. 안쪽 주머니에 H.C라는 이니셜이 수놓여 있다.

"이 사람이 내게 편지를 보낸 해리 카샤사…."

주머니를 뒤져보니 안에서 너덜너덜한 수첩이 나왔다.

딩신은 페이지를 대충 넘기며 내용을 확인했다. 억시 그는 무녀를 조사하고 있던 듯했다. 수첩에는 마을의 역사와 무녀에 관한 정보가 적혀 있었다.

그리고 당신은 한 페이지에서 손을 멈췄다. 비교적 최근에 쓴 기록인 것 같았다.

➡ 수첩을 펼친다. → 198로

337 ↱ 120

그곳에 나타난 건 자리 우조 박사였다.

두 사람은 암호를 교환하고는 가까이 다가가 소곤소곤 이야기하기 시작했다. 당신은 귀를 기울였다.

"신무기의…, …연구소에서… 스파이가…. …. 늑대인간…"

늑대인간? 당신은 귀를 의심했으나, 분명히 지금 자리 박사는 '늑대인간'이라는 말을 했다.

"무슨 뜻이지?"

➡ 가까이 다가가 자세한 이야기를 듣는다. → 409로

➡ 그대로 조용히 있는다. → 169로

338 ↱ 37

"좋아, 현장 검증이다."

당신은 땅바닥과 호텔 벽, 쓰레기통 등을 조사해보았다. 그러나 특별한 것은 발견되지 않았다.

"뭐, 그렇게 쉽게 풀리진 않겠지."

당신은 작은 한숨을 쉬고 무의식적으로 하늘을 올려보았다. 호텔 2층에 난 창문이 보인다.

"이럴 땐 각도를 바꿔서 보는 것도 괜찮은 방법이겠어."

339 ↱ 274

셰리는 점에 대해 이야기하기 시작했다.

"어젯밤엔 파스칼의 빛을 느꼈어요."

"마차 마부, 파스칼 아르마니?"

"네. 파스칼의 빛은 정직하고 다정했어요. 그는 인간이에요."

340 ↱ 102

당신은 교회 뒤편으로 돌아, 묘비와 묘비 사이를 천천히 걸었다. 군데군데

오래된 무덤이 있었고 그중에는 이미 묘비명이 지워져 읽을 수 없는 것도 있었다. 묘지 뒤로는 달의 언덕이 보이며 안쪽 통로는 그대로 헤이드룬 거리로 이어져 있는 듯했다.

➡ 단서 L에 관해서 수사한다. → 340 + 지시 번호 L

341 ↪ 270

당신은 촌장의 오른손을 확인했다.
오른손의 중지에 반지를 끼고 있다.

342 ↪ 282

"어제 이 근처에서 검은 개를 못 봤나요?"

"검은 개~? 봤어요…. 후우~"

"정말요? 몇 시쯤인지 기억하시나요?"

"네. 일이 끝났을 때였으니까. 17시예요. 우리 구둣가게 모퉁이를 돌아서 북쪽으로 터벅터벅 걸어 갔어요~. 하아~"

【단서 Q에 '하티의 경로 3', 지시 번호 Q에 17이라고 기입】

337
338
339
340
341
342

343 ↪ 304

당신이 프런트 앞을 지나자 마침 에드거가 계단에서 내려왔다.

"에드거 씨, 외출하시는 건가요?"

"아니요. 잠깐 커피라도 마실까 해서요."

"함께 마셔도 될까요?"

"네. 상관없습니다."

당신은 마고에게 커피를 두 잔 주문하고는 에드거와 마주보고 로비 소파에 앉았다.

➡ 단서 f에 관해서 수사한다. → 343 + 지시 번호 f

344 ↪ 315

"셰리 씨는 천체관측이 취미라고 했죠?"

"네. 일이 끝나면 달의 언덕에 올라서 별자리를 봐요. 요새는 자주 가지 않았지만요."

"오늘 밤에 달이 가장 높이 뜨는 시각을 알고 계십니까?"

"천문판으로 계산하면 알 수 있어요. 조금 요령이 필요하지만요…. 죄송해요, 지금 꽃 배달을 가야 해서."

"바쁘신데 죄송합니다. 제가 계산해볼 테니, 그 천문판만 빌려주시겠어요?"

"네, 빌려드릴게요. 잠시만 기다려주세요."

셰리는 가게의 안쪽에서 천문판을 가져와 당신에게 건넨 뒤, 배달하러 나갔다.

→ 240으로

345

파스칼은 정류장 옆에서 말에게 물을 먹이고 있었고 본인은 말에 기대어 하얀 담배 연기를 뿜어내고 있었다.

"오늘도 열심히 일하고 계시네요."

"아, 탐정님. 안녕하세요."

➡ 몸 상태를 묻는다. → 09로

➡ 단서 o에 관해서 수사한다. → 345 + 지시 번호 o

늑대마을탈출

346 ⤴ 246

"**참**고로 그 동화에 거인이나, 공작에 대해 쓰여있는 건 없나요?"

"아! 거인과 공작 이야기 말인가보네! 몇 번이더라. 잠깐만~"

잠깐의 시간이 흐르자 엘시가 사본을 가지고 왔다.

➡ 『거인과 공작』의 이야기를 읽는다. → 40으로

347

"**휴**식 중에 죄송합니다."

"아닙니다, 신경 쓰지 마세요."

파스칼 아르마니는 사무소에서 점심 식사로 빵을 뜯어먹고 있던 중이었다.

➡ 빵에 관해서 묻는다. → 94로

➡ 단서 U에 관해서 수사한다. → 347 + 지시 번호 U

348 ⤴ 284

"**마**리 씨, 오늘은 쇼핑 중인가 봐요?"

"어머 탐정님! 네 맞아요, 오늘 세일을 한다고 신문에 나와서요. 어때요, 이 모자?"

마리는 감색 승마 모자를 쓰고 당신 쪽을 바라보았다.

"잘 어울리시네요."

"마음에도 없는 말을 하시네요…. 근데, 여기 점원, 너무 힘없어 보이지 않아요? 한숨만 줄곧 쉬고 있어요."

343
344
345
346
347
348
349

349 ⤴ 195

"**어**제는 보석상 파타피를 점쳤어요! 그 사람, 전부터 수상하다고 생각했거든요! 그런데…."

"그런데…?"

"파타피도 인간이었어요. 그 사람, 비뚤어진 성격이지만 알고 보면 좋은 사람일지도 모르겠네요!"

➡ 단서 w에 관해서 수사한다. → 349 + 지시 번호 w

가두 마차 정류소의 사무소를 들렀더니 마부인 파스칼 아르마니(28 페이지 참조)가 곤란한 표정을 짓고 있었다.

"뭔가 고민이라도?" 당신이 말을 걸자 파스칼은 획하고 고개를 들었다.

"아⋯, 아뇨, 부끄럽게도. 내일부터 마차 시간표가 변경되는데요⋯."

"아아. 그러고 보니 신문에 그런 이야기가 실려있었던 것 같네요. 그나저나, 그 시간표 종이⋯. 갈기갈기 찢어졌잖아요?"

"맞아요. 필요 없는 종이인 거 같아서 찢어버렸어요. 아아! 저는 왜 이렇게 생각이 짧은 걸까요! 소장님이 알게 되면 혼날 거예요!"

파스칼은 머리를 마구 흐트러뜨렸다. 그는 미끄럼 방지용 하얀 장갑을 끼고 있었다.

"그래서 곤란한 표정을 짓고 있었군요."

"네⋯, 그래서 마차를 운행하는 틈에 복원해보려고 했는데, 시간이 너무 부족해요⋯. 아! 저기~, 실례지만, 도와주실 수 있나요? 당신은 현명하신 듯하니⋯. 어? 탐정님이신가요? 제 생각이 맞았네요!"

➡ **시간표 작성을 돕는다. → 106으로**

➡ **귀찮으니 거절한다. → 404로**

당신은 머리카락을 만지작거리는 미셸의 오른손을 확인했다.

중지에 반지를 끼고 있다.

정류장을 찾아가니, 마침 파스칼이 마을을 한 바퀴 돌고 정류장으로 돌아오던 참이었다.

"이야, 파스칼 씨, 수고 많으십니다."

"탐정님, 어제는 정말 고마웠어요. 덕분에 오늘도 무사히 마차를 운행할 수 있을 것 같아요!"

파스칼은 운전석에서 폴짝 뛰어내리고는 옷에 묻은 모래 먼지를 털었다.

"잠시 한 모금만⋯."하고 말한 뒤 파스칼은 담배에 불을 붙였다.

➡ 마차의 운행에 관해서 묻는다. → 408로

➡ 제임스 메스카에 관해서 묻는다. → 187로

➡ 담배에 관해서 묻는다. → 218로

➡ 단서 O에 관해서 수사한다. → 352 + 지시 번호 O

353 ↪ 302

에드거는 당신을 방으로 들어오라 했다.

"죄송합니다, 오늘은 금방 나가 볼 생각이라 시간이 많지는 않지만….."

"바쁘신 와중에 죄송합니다. 서둘러 끝내도록 할게요….."

➡ 여행에 관해서 묻는다. → 181로

➡ 단서 N에 관해서 묻는다. → 353 + 지시 번호 N

➡ 단서 R에 관해서 묻는다. → 353 + 지시 번호 R

354

마침 마을을 한 바퀴 돌고 온 파스칼이 우울한 표정으로 마차에서 내려왔다.

"아…, 탐정님, 안녕하세요."

"안녕하세요, 파스칼 씨. 청년단 리더로 취임하신 거 같던데요."

"네. 제임스처럼 수리 기술은 없지만 마을을 위해서 제가 힘이 되고 싶었거든요….."

➡ 무슨 일이 있었는지 묻는다. → 123으로

➡ 마차에 관해서 묻는다. → 396으로

350
351
352
353
354
355

355

"**늑**대인간…. 무녀가 살아있다면 든든했을 거 같은데."

펠릭스는 턱에 손을 대고 신기한 그림을 바라보면서 혼잣말로 중얼거렸다. 점심시간이 지난 레스토랑은 한산하다. 당신을 발견한 펠릭스는 가볍게 인사했다.

➡ 그림에 관해서 묻는다. → 119로

➡ 단서 v에 관해서 수사한다. → 355 + 지시 번호 v

356 ↰ 285

당신은 프리츠의 오른손을 확인했다.

그는 오른손 중지에 반지를 끼고 있다.

357

"**요**정 소동 때문에 손님이 모두 메르그 호수로 가버려서…. 오늘은 파리 한 마리 보이지 않네요."

셰프인 펠릭스는 쓴웃음을 지었다. 디너 준비를 위해 스튜용 냄비에 불을 붙인 다음 한숨 돌리고 있는 것 같았다.

➡ 폴린의 배지에 관해서 묻는다. → 07로

➡ 요리에 관해서 묻는다. → 394로

358 ↰ 186

"**이**건 와인잔인 거 같네요. 그리고 여기에 오른손으로 잡은 흔적이 남아 있어요. 이것만으로는 남자인지 여자인지 알 수 없지만…. 혹시 이 댁에, 오른손 중지에 반지를 끼고 계신 분이 계신가요?"

"아니, 나는 오른손 검지와 새끼손가락에 끼고 있긴 하지만…. 다른 사람도 반지는 끼고 있지 않아."

확실히 코냑 씨는 오른손 중지에 반지를 끼고 있지 않았다.

"그렇군요. 그렇다면 이건 보석을 훔친 사람이 남긴 지문인 것 같군요. 진열장을 깨트릴 때 위에 놓여 있던 와인잔까지 떨어뜨려 깨트리다니, 괴도88이라는 녀석도 얼간이었네요. 게다가 친절하게도 반지 흔적까지 남겼습니다. 코냑 씨, 이 사건은 의외로 쉽게 해결할 수 있을지도 모르겠네요."

"오오! 든든하구만! '갇힌 사과'가 돌아오는 것도 시간 문제겠어! 으하하하!"

【단서 D에 '오른손 중지의 반지'라고 기입. 지시 번호 D에는 아무것도 기입하지 않음.】
【중요한 기록란 3에 '괴도는 오른손 중지에 반지를 낀 인물'이라고 기입】

359 ↰ 349

"**안**나, 별자리가 뭔가요?"

"처녀자리인데…. 왜 그러시죠?"

"아뇨, 그냥, 뭐…. 운세를 좀 보려고요…."

360

우크메르의 전통 요리를 즐길 수 있는 '양들의 단잠'은 150년 이상의 역사를 자랑하는 레스토랑이다.

북적이는 바야드 거리에 있지만, 가게 안에는 소박한 소품이 놓여 있으며 포토루시 지방 특유의 소박한 색채를 가진 모직물이 깔려있어 차분한 분위기를 자아낸다. 역사 깊은 가게라고 해서 거드름을 피우지도 않아 느긋이 식사할 수 있다는 평판을 얻고 있다.

하지만, 뭐니뭐니 해도 인기의 비결은 '양들의 단잠 명물 감자떡'이다.

셰프인 펠릭스 코른은 요리에 재능이 있어, 방년 24세의 나이에 이미 차기 요리장의 자리가 내정되어 있다. 그가 만드는 감자떡을 먹기 위해 방문하는 손님도 적지 않다. 고고학자인 해리 카샤사도 살해당하기 전에 이곳에서 펠릭스가 만든 감자떡을 먹었는데, 그 모습을 몇 명의 마을 사람들이 목격했다.

➡ 펠릭스 코른과 이야기한다. → 228로

361 ↪ 378

356
357
358
359
360
361

책상 위에는 서류가 어지럽게 놓여 있다. 그중에 왕국 연합군의 도장이 찍혀 있는 서류를 보고 당신은 경악을 금치 못했다.

"늑대인간 계획…. 1882년…? 10년도 더 된 거잖아!"

기밀문서에는 인체 실험으로 늑대인간을 만들어낸 연구 결과가 적혀 있었다.

"1892년 2월, 인체 실험으로 늑대인간을 만들어내는 데 성공…! 이게 뭐야?"

"헤헤헤."

뒤돌아보니 자리 박사가 당신을 향해 총구를 겨누고 있었다.

"자리 박사…, 이것은…!"

"나의 위대한 연구입니다. 헤헤… 하하하. 어떻습니까? 이 마을은 테스트 지역으로 선정되었습니다. 아름다운 외로운 섬, 우크메르 마을은 저의 새로운 무기로 영원히 사람들의 기억 속에 남을 것입니다. 늑대인간에 의해 멸망한 최초의 마을로 말입니다."

"다리를 파괴한 건…?"

"바로 저입니다. 하하하. 하지만 저는 슬슬 이 마을을 떠날 겁니다. 우조 소프터의 비행 실험이 끝났거든요."

"네 녀석…!"

"압도적인 힘을 가진 늑대인간으로 군대를 조직하면 이 진흙탕 전쟁은 금방 끝날 테지요. 제가 하는 일이야말로 평화란 말이죠. 저는 인류를 진화시킨 신입니다. 대천사 미카엘이 검은 사자를 보낸 것이지요."

"미쳤군…."

"비밀을 알게 된 당신은 제 손에 죽어줘야겠습니다. 하하."

박사는 방아쇠에 손가락을 걸었다.

"자, 그럼 안녕히."

메마른 발포음이 울리고 무거운 충격이 몸을 관통했다. 당신은 뒤로 날아가 쓰러졌다.

박사는 연기가 피어오르는 총을 내리고 방을 나갔다.

【중요한 기록란 23에 '늑대인간은 인체 실험으로 만들어졌다'라고 기입】

➡ 단서 j에 관해서 수사한다. → 361 + 지시 번호 j

➡ 단서 j에 기입한 것이 없을 경우 → 229로

362

레스토랑은 매우 혼잡했다. 당신이 앉은 자리에서 바라본 주방 안에서 펠릭스도 분주하게 움직이고 있었다. 젊은 직원에게 물어보니 슬슬 한가해질 시간이라고 한다. 감자떡을 먹으면서 잠시 기다리자 손님이 물러가고 당신이 온 것을 눈치챈 펠릭스가 주방에서 나왔다.

"이야, 펠릭스 씨. 감자떡이 아주 맛있었습니다."

"마음에 드셨습니까? 기분 좋네요. 휴우, 이제 잠깐 쉴 수 있어요."

➡ 제임스 메스카에 관해서 묻는다. → 146으로

➡ 오늘 아침의 신문에 관해서 묻는다. → 314로

➡ 최근 뭔가 이상한 일은 없었는지 묻는다. → 98로

363 ↩ 284

"**혹**시 탐정님도 요정을 만났어요? 하아~"

"네, 왜죠?"

"왜냐면 안나가 탐정님에게 부탁받아서 잼을 만들었다고 하니까…. 그 요정, 월귤을 좋아하는 모양이에요. 후우~"

"네. 요정에게 볼일이 좀 생겨서요."

"으음. 탐정 일도 힘들겠네요…. 근데 탐정님도 들었어요?"

"어떤 걸 말이죠?"

"요정이 글쎄, 월귤도 좋지만, 다른 것도 없어? 하고 물어봤거든요. 정말 욕심쟁이 요정이라니까…. 하아~"

364

"**펠**릭스는 레스토랑의 테이블 의자에 앉아 담배를 피우면서 신문을 읽고 있었다. 어쩐지 오늘은 휴일인 거 같았다.

"안녕하세요, 펠릭스 씨. 오늘은 휴일인가 보죠?"

"아, 안녕하세요. 네. 오늘 쉬는 날이에요. 하지만 여기에 없으면 왠지 진정이 되질 않아서요. 하하하."

➡ 읽고 있던 기사에 관해 묻는다. → 191로

365 ↩ 330

"**여**기서 필름을 현상할 수 있을까요?"

"그럼, 안쪽에 있는 현상실을 사용하면 돼. 1시간에 200라트야"

당신은 돈을 내고 현상실로 들어갔다.

→ 129로

"**어**제 21시에 자리 박사가 살해당했어요…. 혹시 그 시간에 마차를 운행하고 있었나요?"

"네, 마지막 마차는 제가 운행했습니다. 동료에게 물어보면 알 수 있을 거예요"

"그 마차에 탄 사람들을 알 수 있을까요?"

"21시 말이죠. 어디 보자…. 여기 있습니다."

파스칼은 어제의 장부를 펼쳤다.

5월 14일 21시 출발 [다라니 시계탑 출발, 마차 정류소행]

- 에반 피즈 Evan Fizz
  다라니 시계탑에서 마차 정류소까지
- 파타피 진 Pataphy Gin
  다라니 시계탑에서 우크메르 도서관까지
- 에드거 키르쉬 Edgar Kirch
  다라니 시계탑에서 마차 정류소까지
- 엘시 라키아 Elsie Rakia
  우크메르 도서관에서 마차 정류소까지
- 마리 크미스 Marie Kmis
  다라니 시계탑에서 마차 정류소까지

"참고로 바로 앞 차, 20시 30분에 출발한 마차에 타고있던 사람들의 명단은 여기 있어요. 이 마차는 제가 운행하지 않았습니다."

5월 14일 20시 30분 출발 [마차 정류소 출발, 다라니 시계탑행]

- 이리트 키르 Irit Kir
  마차 정류소에서 다라니 시계탑까지
- 펠릭스 코른 Felix Korn
  마차 정류소에서 다라니 시계탑까지
- 마고 페리 Margo Perry
  마차 정류소에서 우크메르 광장까지

"…마차 정류소에서 다음 정류소까지는 얼마나 걸리나요?"

"15분 걸립니다."

367 ↪ 247

"**폴**린이 A라는 배지를 달고 있었어요. A는 그녀의 이니셜인 걸까요?"

"엇, A라는 배지 말입니까? 그, 그건 반전 조직 아리스토 구성원의 배지입니다. 헤헤. 아리스토는 과격하고 수단을 가리지 않는 포악한 집단이죠. 서, 설마 그 애견가 폴린이 반전 조직의 스파이었을 줄이야…, 헤헤."

368 ↪ 352

"**파**스칼 씨, 어제 16시경, 검은 개를 못 보셨습니까? 폴린 씨의 애견, 하티라는 개인데요."

"아아, 봤습니다. 저기 물 마시는 곳에서 말을 쉬게 하고 있었는데 검은 개가 짖으며 다가왔습니다. 말이 흥분하면 큰일이라 내쫓긴 했는데, 목걸이를 하고 있었으니 하티였을지도 모르겠네요."

"몇 시쯤이었는지 기억하십니까?"

"16시 40분입니다."

"폴린이 하티를 잃어버리고 60분 후쯤 되겠군요…. 어디로 도망갔습니까?"

"꽃집 쪽으로 달려갔어요."

【단서 P에 '하티의 경로 2', 지시 번호 P에 60이라고 기입】

369 ↪ 315

"**어**제는 최근에 마을로 들어온 곡예사를 점쳤어요."

"마리 크미스 씨 말인가요?"

"맞아요. 마리 씨의 빛은 천진난만하고 활발했습니다. 저도 에너지를 듬뿍 받았답니다! 우후후."

"그러면 마리 씨는…?"

"그녀는 인간입니다. 늑대인간이 아니에요."

➡ 단서 w에 관해서 수사한다. → 369 + 지시 번호 w

370 ➦ 290

"**제**임스 씨, 이 체인도 괜찮을까요?"

"오! 딱이군! 고맙네!" 이렇게 말하고 제임스는 순식간에 부품을 교체했다. 꽤 손재주가 있어 보였다.

"오늘은 이걸로 끝이야! 탐정 양반, 내게 뭔가 묻고 싶은 게 있어 온 거지?"

"어라? 제가 탐정이라고 말했나요?"

"허허, 마을이 작지 않은가. 이미 소문이 사방에 퍼졌다고!"

➡ 단서 F에 관해서 수사한다. → 370 + 지시 번호 F

371 ➦ 57

"**폴**린이 'A'라는 모양의 배지를 하고 있었어요…."

"음…. 그 배지는 반전 조직 아리스토의 것일세. 나도 요새는 폴린의 동향이 신경 쓰였다네. 아리스토는 왕국 연합군을 처단하고 평화를 되찾으려는 활동을 하는 반전 조직이지. 포악하고 과격한 조직이라는 건 왕국 연합군이 조작한 정보이고, 실제로는 비폭력적이고 평화를 지향하는 조직이네만."

372 ➦ 32

"**도**서실에 있는 책만 빌릴 수 있는 건가요?"

"아니. 일반적인 책은 서가에서 열람할 수 있지만, 낡은 신문이라든가 귀중한 문헌은 폐가식 서고에 보관되어 있어. 빌리고 싶은 게 있으면 내게 말해줘. 직접 서고에서 가져다 줄테니."

373 ➦ 244

"**괴**도88이라니 웃기지도 않는 녀석이야! 범인을 붙잡아서 보석을 되찾아 주게! 사례는 얼마든지 할테니."

"네, 제가 해결해보겠습니다. 그런데 도둑맞은 보석은 어떤 건가요?"

"'갇힌 사과'라는 보석이지. 내 컬렉션 중에서도 특히 진귀한 보석이라고."

코냑 씨는 자랑스러운 듯한 표정으로 말했다.

"그렇습니까? 그 보석은 이 방에 있었겠군요?"

"맞아. 이 진열장이 깨져있었고 저쪽 창문 열쇠도 풀려 있었어."

➡ 창문을 조사한다. → 108로

➡ 깨진 진열장을 조사한다. → 227로

374 ↩ 274

"**잠**시만 이것 좀 봐주실 수 있나요?"

당신은 오늘 아침 괴문서와 함께 도착한 한 송이의 꽃을 손바닥에 올려놓고 셰리에게 내밀었다. 셰리는 그 꽃을 가볍게 들어 올리며 말했다.

"이건 모과 꽃이네요."

"모과? 괴도 녀석, 나를 무시하는 건가."

"우후후. 동양에 있는 꽃 이름이에요. 꽃잎이 5장 있지요. 안타깝지만, 저는 이 꽃에 대해서는 잘 몰라요. 자세한 걸 알고 싶다면 도서관에 괜찮은 책이 있을 거예요.『꽃말 사전』이라는 책이에요."

【단서 X에 '모과 꽃', 지시 번호 X에 5라고 기입】

375 ↩ 355

"**잠**깐 부탁이 있어요…."

당신은 펠릭스에게 전설의 무녀가 그린 그림의 뒷면을 보여달라고 부탁했다. 펠릭스는 이상하다는 듯한 얼굴로 그림의 걸쇠를 풀어주었다.

그림 뒤에는 촌장이 말한 대로 석고가 칠해져 있었다. 당신은 펠릭스와 레스토랑 주인에게 양해를 구하고는 줄로 석고를 깎기 시작했다.

→ 86으로

376 ↩ 142

방에는 책장과 책상이 놓여있고 그 바로 옆에 수리용 공구가 들어있는 캐비넷이 있다. 책상 위에는 촛대와 저울, 카메라 1대와 가죽 카메라 케이스가 놓여 있다. 시신은 이미 교회로 옮겨졌지만, 융단에는 그날의 생생한 혈흔과 발자국

이 남아있다. 거대한 늑대의 발자국을 조사해 보았지만 별다른 특징은 없었다. 오른쪽 벽에는 창문이 있었으며, 아내가 만든 것으로 보이는 레이스 커튼이 드리워져 있다.

➡ **책상을 조사한다.** → 265로

➡ **캐비넷을 조사한다.** → 415로

➡ **책장을 조사한다.** → 51로

377 ↩ 343

"**실**은…, 뭐라 말씀드리면 좋을지 모르겠지만…."

"무슨 일이죠?"

"에드거 씨는 부모님을 찾으려고 여행을 하고 있죠?"

"그렇습니다."

"생일이 언제죠?"

"네. 6월 24일입니다."

"매우 아픈 기억이 될지도 모르겠습니다."

"어떤 현실이든 받아들일 각오로 여행을 떠났습니다. 말씀해 주세요."

당신은 도서관에서 빌려온 오래된 신문을 에드거에게 건넸다.

"이건…, 제가 태어난 다음 날의 신문이군요."

에드거의 얼굴이 놀라운 건지 슬픈 건지 알 수 없는 표정으로 바뀌었다.

"여기…, 시계탑 관리인인 프리츠 키르쉬라는 사람이…. 제 진짜 아버지라는 겁니까?"

"네. 그 목에 있는 반점…."

에드거는 다시 한 번, 신문에 실린 사진을 확인했다.

"바로 옆에 계셨었는데…."

"프리츠 씨가 살아계셨을 때 이 정보를 알려드렸더라면 좋았을 텐데…. 죄송합니다. 저는 이만 실례하겠습니다."

당신은 자리에서 일어나 호텔을 나서려고 했다.

"잠시만요! 탐정님. 보답을 해야 할 것 같아서요. 저는 이제 드디어 여행을 끝낼 수 있게 됐어요. 이제부터는 저의 진짜 이름, 에드거 키르쉬로서 살아가는 새로운 인생의 시작이기도 합니다. 당신의 덕분이에요!"

"보답이라니요…. 나는 늑대인간 사건을 수사하면서 우연히 그 사실을 알게된 것뿐입니다."

"아뇨, 작게나마 보답을 하고 싶어요. 맞아! 이 마을에서 익힌 여행자의 시를 읊어드리겠습니다."

"여행자의 시 말인가요? 멋지네요. 그럼 부탁드리겠습니다."

에드거는 평화로운 표정으로 시를 낭독하기 시작했다.

'꽃'에서 시작되는 내리막길　　걸음을 내딛으면 일직선,
'바'의 거울에 비쳐 다시 돌아와　　여행의 궤도를 맞춰야 한다.

"독특한 시지요? 1458년에 이 마을을 방문한 떠돌이 장인이 만든 시라고 합니다."

"떠돌이 장인…. 시계탑의 태엽 인형을 만들고 무녀와 결혼했던 사람인가 보네요."

"네. 이 시를 들으면서 무녀는 예언을 고문서에 적어두었다고 하더군요."

【단서 g에 '여행자의 시', 지시 번호 g에 58이라고 기입】

【중요한 기록란 20에 '꽃에서 시작되는 내리막길 걸음을 내딛으면 일직선, 바의 거울에 비쳐 다시 돌아와 여행의 궤도를 맞춰야 한다.'라고 기입】

【중요한 기록란 21에 '에드거의 본명은 에드거 키르쉬'라고 기입】

378 ↪ 67

천장에는 둥근 뚜껑이 덮여있다. 힘을 줘서 들어 올린 다음, 그 틈으로 위를 살펴보니 하얀 의약품 선반의 다리와 낯선 전문 기구들이 보였다. 아무래도 연구소 안에 있는 방인 거 같았다. 방에는 아무도 보이지 않아 뚜껑을 완전히 열어 젖히고 안으로 들어갔다.

➡ 의약품 선반을 조사한다. → 289로

➡ 책상을 조사한다. → 361로

377
378
379

379 ↪ 369

"**셰**리 씨, 당신의 별자리는 뭔가요?"

"저는 12월 27일에 태어나서 염소자리예요."

380 ↩ 353

"**갑**작스러운 질문이지만 신발 사이즈가 어떻게 되나요?"

"26cm입니다. 왜 그러시죠?"

"아뇨, 그냥 궁금했을 뿐입니다. 실례했습니다."

381 ↩ 228

펠릭스는 홀 안쪽에 있는 벽 앞으로 당신을 안내하고는 해리가 관심을 보였던 그림을 손가락으로 가리켰다. 오른손 중지에 반지를 끼고 있다.

"이 그림입니다. 매우 오래된 그림이지요. 자세한 내막은 알지 못하지만, 아무래도 옛날에 이 마을에서 살았다던 무녀가 그린 그림 같아요."

382 ↩ 322

"**셰**리 씨, 어제 저녁 무렵에 검은 개를 못 보셨나요?"

"어제 저녁요…? 저는 못 본 것 같아요. 검은 개라면 혹시 폴린의 하티를 말씀하시는 건가요?"

"네, 맞아요."

"하티라면, 오늘 아침 꽃을 사러 온 미셸이 어제 봤다고 이야기하던데요."

383 ↩ 423

"**라**넌큘러스… 꽃말은 '매력'이군… 흠흠."

384 ↩ 340

"**분**명히 이 묘지 어딘가에 무녀의 무덤이 있을 거야."

당신은 무덤을 찾기 시작했다. (다음 페이지 참조)

【수수께끼를 풀고 나타난 숫자의 단락으로】

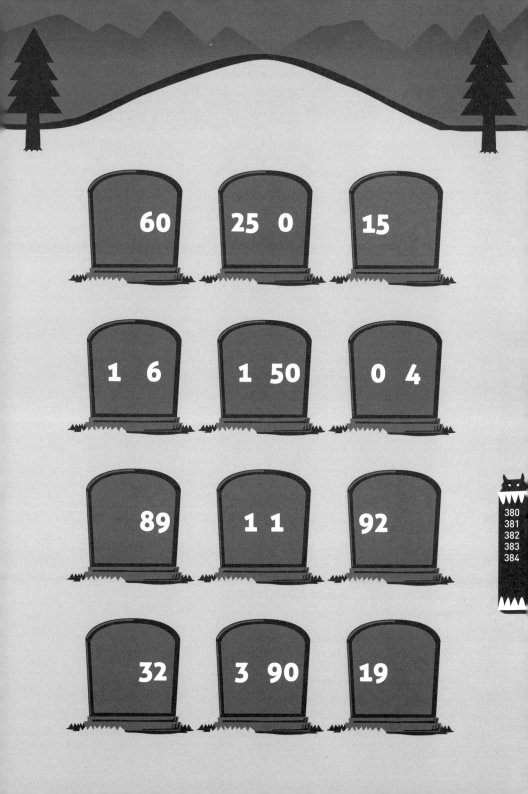

"**요**즘 마을을 관광하러 다니는 마리라는 곡예사가 있는데, 시계탑이 근사하다며 칭찬하더군요."

프리츠는 신문에서 눈을 떼지 않았다.

"마부 파스칼 씨도 프리츠 씨의 실력을 믿는다고 하더라고요."

프리츠는 아무런 말도 하지 않았다.

"태어나서 한 번도 시계탑이 이상한 걸 본 적이 없다고…."

프리츠는 당신을 날카롭게 노려보았다.

"있어…."

"네?"

"시계탑이 이상해진 적이 있었다는 뜻이야."

"프리츠 씨가 조정했는데도 그랬단 건가요? 정말입니까?"

"흥!"

당신은 이유를 물었으나 그는 더 이상 입을 열지 않았다.

시계탑이 22시를 알렸고, 온몸에 공작의 눈을 달고 있는 아르고스의 거인이 나타났다.

그리고 거인의 눈에 반사된 수많은 달빛이 당신의 발끝에 차분히 내려앉아 반짝거렸다.

태엽 인형의 움직임을 따라 빛의 위치도 바뀌었다.

인형이 자세를 바꾸어 멈출 때마다 빛의 배치가 문자를 나타내는 듯 보였다.

"n…, e…, 가…, 보…, 이…, 도…, 록…"

여섯 개의 빛이 차례대로 문자를 만들고는 이윽고 흩어져 사라져 버렸다. 시계탑을 올려보니 탑 안에 보관되어 있는 태엽 인형이 달빛에 비쳐 보였다.

"'n.e.가.보.이.도.록.겹.쳐.서.화.살.표.부.터.읽.으.라'…? 무슨 뜻일까?"

당신은 한 번 더 머릿속을 성리하기로 했다.

"무녀는 석판이 있는 곳을 고문서와 시계탑에 기록했다…. 고문서의 수수께끼를 따라가면 잊혀진 신전의 제단에 '다섯 색깔의 채색'이…. 그리고 시계탑의 수수께끼를 따라가면 이곳 달의 언덕에서 'n.e.가.보.이.도.록.겹.쳐.서.화.살.표.부

.터.읽.으.라'라는 메시지가 나온다. 이 두 가지가 석판이 있는 곳을 나타내고 있는 건가…?"

"크르릉….."

늑대인간이 신음 소리를 냈다. 곧 눈을 뜰 것 같았다.

【석판이 있는 곳의 수수께끼를 풀고 나타난 숫자의 단락으로】

387 ↪ 297

"**폴**린하고는 종종 광장에서 몇 시간이나 수다를 떨었어. 여동생처럼 생각했었는데…. 이렇게 살해당할 줄이야…. 오늘 아침 신문을 보고 폴린 집으로 달려갔는데, 나는 정말 폴린이 가여워서, 너무나 가여워서 볼 수가 없었어."

마고는 분하다는 듯 눈물을 훔치고는 떨리는 목소리를 억누르며 이야기를 계속했다.

"니모 촌장도 여러 가지 사건이 겹쳐서 지쳤을 텐데도 아침 일찍 신부님 연락을 받고 폴린의 개들을 맡으러 와주셨지. 그러고 보니 그때, 개가 뭔가를 물고 나왔어."

"개가요?"

"응. 뭔가 검은 물건이었는데, 검은 개 하티가 물고 있으니까 잘 보이지는 않았어."

388

5월 14일

【4일차 수사 시트를 펴고 뒷면에 있는 신문을 읽은 후 수사를 시작한다. 오늘의 수사는 지도에 적힌 각 번지에 4를 더한다.】

【오른쪽 표의 공란에 ○ 또는 ×를 기입하고 괴도88의 정체를 밝힌다. 괴도가 변장한 인물이 있는 곳의 번지에 오른쪽 표의 ○의 합계 수를 더한 단락으로】

이름	성별	나이	직업	오른손 중지에 반지를 끼고 있다	27cm의 구두를 신는다	수염이 있다
안나 칼바도스 Anna Calbados	여	19	귀여운 찻집 종업원			
셰리 럼 Cherie Rum	여	20	미모의 꽃집 종업원			
에드거 로제 Edgar Rose	남	27	여행자			
엘시 라키아 Elsie Rakia	여	64	도서관 사서			
펠릭스 코른 Felix Korn	남	24	레스토랑 셰프			
프리츠 키르쉬 Fritz Kirsch	남	61	시계탑 관리인			
제임스 메스카 James Mezca	남	38	수리 전문가			
자리 우조 Jarry Ouzo	남	47	박사			
마고 페리 Margo Perry	여	43	호텔 여주인			
마리 크미스 Marie Kmis	여	22	곡예사			
미셸 피스코 Michelle Pisco	여	25	구둣가게 점원			
니모 그라파 Nemo Grappa	남	70	촌장			
파스칼 아르마니 Pascal Armani	남	26	가두 마차의 마부			
파타피 진 Pataphy Gin	남	33	보석상			
폴린 아락 Pauline Arak	여	32	애견가			
토마스 코냑 Thomas Cognac	남	59	부호			

387
388

○의 합계 수 [   ]

"**으**… 으윽!"

한동안 정신을 잃었던 당신은 눈을 떴다.

"사…, 살아 있어…, 어떻게…?"

자리 박사가 쏜 총알의 위력은 무시무시했다. 쓰러질 때의 충격으로 회중시계가 망가지고 말았다.

상반신을 일으켜 총알을 맞은 왼쪽 가슴을 만져보니 상의 안주머니에 흰색 천으로 된 봉투가 들어있었다.

"이건 그 할머니가 주신 부적…!"

당신은 너덜너덜해진 부적을 꼭 거머쥐었다. 그러자 봉투 안에서 무언가가 흘러 나와 바닥으로 굴러 떨어졌다.

그것은 특이한 모양의 보석이었다. 파란 보석 속에 빨간 보석이 들어있었다. 마치 보석이 이중으로 만들어진 듯한….

"파란색과 빨간색의 이중 보석…! 갇힌 사과!?"

'갇힌 사과'는 코냐 씨가 괴도88에게 도둑맞은 보석이 아닌가. 어째서 그 노파가….

당신은 흠칫 놀랐다. 그 노파는 괴도88이 변장한 것이다.

"어째서 괴도는 내게 '갇힌 사과'를 돌려준 걸까?"

당신은 다리를 부들부들 떨면서 자리 연구소를 빠져나갔다.

➡ 단서 h에 관해서 수사한다. → 389 + 지시 번호 h

【단서 h에 기입한 것이 없을 경우에는 다른 장소를 수사하여 단서 h를 기입한 뒤, 이 단락으로 돌아온다.】

"**그**런데 어젯밤 8시경, 뭔가 이상한 일은 없었나요?"

"어젯밤 8시?"

"네. 아주 사소한 것이라도 상관없습니다."

"그러고 보니 검은 옷을 입은 수상한 남자가 우리집 앞을 휙 지나갔어."

"검은 옷을 입은 남자?"

"그래. 아니지, 아냐. 남자인지 아닌지 알 수 없겠군. 얼굴은 보이지 않았으니까."

"어느 방향으로 달려갔나요?"

"코냑 씨 집쪽에서 우리 집 앞을 지나서 바게스트 거리에서 왼쪽으로 꺾었어."

"8시…, 몇 분 정도였는지 기억 나나요?"

"마침 우리 집 마누라가 돌아왔을 때였어…. 어이! 유마! 어제 당신, 몇 시에 왔지?"

제임스가 외치자 가게 안에서 아내가 대답했다.

"8시 25분!"

"그렇다는군! 우리 마누라는 시간에 철저하니까! 하하하하!"

【단서 H에 '도주 경로 1', 지시 번호 H에 25라고 기입】

391 ↩ 282

"**아**름다운 꽃이네요. 음~ 좋은 향기."

"그거 오늘 아침 셰리의 꽃집에서 산 거예요. 근데 향기는 별로 나지 않는 종류 같던데…. 후우~"

"어? 그럼 이 새콤달콤한 향기는 뭐죠?"

"아마 내 향수일 거예요. 월귤향이죠. 요즘 마음에 들어서 자주 쓰거든요. 하아~"

392 ↩ 124

389
390
391
392

"**상**자에서 빠져나갈 때 쓰는 수갑은 갖고 계신가요?"

"그럼요, 있지요."

"그럼…. 체인이 달려 있다면 주실 수 있을까요? 회중시계의 체인이 끊어져서…."

"그래요. 챙겨놓은 여분이 있으니 가져도 좋아요."

마리는 수갑의 체인 부분을 풀어 당신에게 건넸다. 오른손 중지에 반지를 끼고 있다.

"고맙습니다. 이건 한 80g 정도 되겠군."

"이상한 탐정님이네."

【단서 G에 '수갑의 체인', 지시 번호 G에 80이라고 기입】

393 ⤷ 353

"**어**제 이 근처에서 검은 개를 보셨나요?"

"검은 개요? 으음, 못 본 거 같아요. 어제는 조사할 게 있어서 도서관에 있었거든요."

394 ⤷ 357

"**이**건 뭘 만드는 건가요?"

"허브 소시지 포토푀를 끓이고 있습니다. 오늘 디너용이죠."

"으음. 맛있는 냄새가 나네요. 펠릭스 씨가 만들었으니 더 맛있을 거 같군요."

"천만에요, 전 아직 공부 중인걸요. 매일 다양한 식재료와 요리를 찾아다니며 먹고 있습니다."

"최근에 먹었던 것 중에서 추천하는 게 있나요?"

"찻집 뿔피리의 치즈 케이크요. 그 월귤 잼이 포인트입니다. 안나는 일류 파티세예요."

395

5월 15일

【5일차 수사 시트를 펴고 뒷면에 있는 신문을 읽은 후 수사를 시작한다. 오늘의 수사는 지도에 적힌 각 번지에서 5를 뺀다.】

396 ⤷ 354

"**최**근에 마차를 운행하면서 수상한 인물을 보진 않았습니까?"

"수상한 사람은 못 봤지만…. 왠지 오늘은 마차를 운행하는데 이상한 느낌이 들었어요…. 감각적으로 뭔가 이상했죠. 그게 무슨 느낌인지는 저도 모르겠지만요."

397 ⤷ 347

"**군**인…? 그러고 보니 오늘 아침에 체격이 꽤나 다부진 남자가 탔어요."

"오늘 아침 마차의 승차 기록을 보여주실 수 있을까요?"

"네, 여기 있습니다."

크비에타 아루히 Kvieta Aruhi
미셸 피스코 Michelle Pisco
페트로넬라 메스칼 Petronella Mezcal
미카엘 풀케 Michael Pulque
안나 칼바도스 Anna Calbados
잭 신가니 Jack Singani
아키 사가르도 Aki Sagardo

"미카엘 풀케…. 이니셜은 M, P…?"

"아, 그분이에요. 군인같은 분위기였습니다. 오늘 밤 마지막 마차가 언젠지 물어보고 갔어요."

"협조해줘서 고맙습니다." 신문 광고란은 1글자에 55라트로 게재할 수 있다는 내용을 읽은 적이 있음을 떠올렸다.

【단서 V에 '광고란 미카엘 풀케', 지시 번호 V에 55라고 기입】

398 ↪ 202

"**새**콤달콤하고 맛있는 잼이네요."

"고마워요! 그 잼은요, 제가 만든 거예요. 월귤 잼이죠. 전 잼 만드는 걸 좋아하거든요."

399 ↪ 114

"**저**쪽으로 가면 조금 더 넓은 거리가 나오니까 누군가에게 길을 물어보는 게 좋겠어요." 당신은 멀찍이 보이는 뇨르드 다리를 가리키며 말했다.

노파는 "차가운 젊은이구먼"하고 중얼거리며 기운 없는 모습으로 서있었다.

당신은 노파를 흘깃 보고는 달의 언덕으로 올라갔다.

어젯밤, 자리 박사와 군인이 밀회했던 장소. 그들은 늑대인간에 대해 뭔가 알고 있는 게 틀림없다. 당신은 근처에서 두 사람의 흔적이나 단서가 없는지 열심히 돌아다녔지만, 헛수고였다.

울창한 숲을 지나자 푸른 잔디와 하얀 모래가 있는 공간이 눈앞에 펼쳐졌다. 그곳은 신전의 폐허였다.

쌓아놓은 돌 사이로 식물이 자라나 있었으며 남북으로 길게 뻗은 기단에 우뚝 솟아 절반쯤 무너진 기둥 열에는 담쟁이덩굴이 뒤덮여있다. 기묘한 조각이 새겨진 아치형의 문을 빠져나와 신전의 북쪽으로 향하자 제단으로 이어지는 계단이 있었다. 계단 앞 우측에는 유일하게 지붕이 남아있는 건물이 있다. 아무래도 보물창고인 듯싶었다.

➡ 계단을 올라 제단으로 간다. → 333으로

➡ 보물창고로 간다. → 24로

당신은 3층으로 올라가 열쇠로 문을 열고 태엽의 방으로 들어갔다. 거대한 톱니바퀴가 서로 맞물려 끼익끼익 소리를 내며 움직이고 있다. 문득 바닥을 내려보니 무언가가 빛나고 있었다.

➡ 벽면을 본다. → 321로

➡ 바닥에 있는 빛나는 것을 본다. → 159로

402 ↪ 255

"**다**시 생각하니 어제 있었던 일은 정말 끔찍하군. 그 덕분에 촌장님을 구할 수 있었지만 말이야…."

포기하고 그 자리를 떠나려던 순간, 머리 위에서 부스럭하는 소리와 함께 무언가 당신 발밑으로 떨어졌다.

그것은 바로 사과였다.

당신은 주변에 있는 나무를 올려 보았다.

"이상하네. 여기엔 사과나무가 없는데…."

사과를 주워 찬찬히 들여다 본다. 반쪽은 붉게 물들어 있지만, 나머지 반쪽은 푸른색을 띠고 있었다.

"뭘까. 보통 사과라면 무게가 300g 정도는 나갈텐데, 이건 엄청 가볍단 말이지…. 딱 절반 정도밖에 안 될 거 같은데."

【단서 x에 '사과', 지시 번호 x에 150이라고 기입】

403 ↪ 315

"**셰**리 씨, '공작'이라는 목걸이를 알고 계신가요? 미스 콘테스트의 상품으로 걸렸던 거 말이에요. 공작에 대해서 알고 있는 게 있을까 해서요."

"공작…? 목걸이는 잘 모르겠지만, 예전에 파타피 씨가 저한테 이야기해준 신화에 공작이라는 게 나왔어요."

"어떤 이야기였죠?"

"거인의 눈이 어땠다던가…. 미안해요, 너무 오래된 일이라 기억이 잘 나질 않네요. 파타피 씨에게 물어보는 게 좋을 거 같아요."

404 ↪ 350

"**죄**송하지만 지금은 시간이 없어요."

"그렇군요. 이것 참…. 곤란하게 됐네요."

400
401
402
403
404

6명의 신도가 예배를 드리고 있다. 당신은 예배가 끝나기를 기다리며 마을 사람과 이야기를 나누고 있다.

"이 교회에 자주 오시나요?"

"네. 꽃집에서 일하는 셰리 씨도 가끔 여기서 만난답니다."

"그렇군요. 고맙습니다."

"사설퉁시해셔탄물서다!"

당신은 요정의 언어로 소리쳤다.

그러자 보물창고의 조각이 빛을 발하면서 뜨거운 열풍이 회오리를 일으켰다. 회오리 바람은 더욱 거세지고 더욱 뜨거워졌다. 당신은 바람 한가운데에서 겨우 버틸 수 있을 정도였다. 늑대인간은 그 열기로 인해 고통스러운 듯 포효하며 숲 속으로 사라졌다.

이윽고 바람은 멎고, 주변은 아무 일도 없었다는 듯 잠잠해졌다.

"겨… 겨우 살았어."

온몸에서 힘이 빠져 그 자리에 털썩 주저 앉았다.

"거기…, 누가 있소…?"

당신은 귀를 의심했다. 보물창고 안에서 목소리가 들렸다.

→ 207로

자리 연구소를 빠져 나온 당신은 꽃집 포피로 향했다. 상처를 입은 당신을 보고 셰리가 놀라 치료해 주었다.

"셰리 씨, 모과 꽃의 진짜 뜻이 뭔지 아십니까?"

"진짜 뜻이요? 무슨 말씀이신지….'

"그러니까…, 예를 들면 정식 학명 같은 거 말이에요….'

"학명은 '카에노멜레스'였던 거 같아요. 어원은 고대 글리시아어로 '사과를 연다'는 뜻이지요."

"사과를 연다라…. 꽃의 진짜 뜻은 '사과를 연다'라는 뜻이었구나. 꽃의 진짜 뜻을 알 때, 즉 사과를 열 때, 바람이 신전으로 이끈다."

당신은 고문서에 숨겨져 있던 말을 읊조렸다. 그러자 어디선가 그 요정의 목소리가 들렸다. 셰리는 들리지 않는 것 같았다.

"책은 보석이 될지니! 보석에 포개지는 사과를 찾아야 한다!"

"보석에 포개지는 사과…?"

【수수께끼를 풀고 나타난 숫자의 단락으로】

408 ↩ 352

"**시**간표에는 문제없으신가요?"

"네! 완벽합니다. 이제는 저희가 시간에 맞춰서 마차를 운행하는 것뿐이지요."

"당신의 마차는 언제나 정해진 시간에 늦지 않는다고 칭찬이 자자한 것 같던데요."

"뭘요, 그건 다 저기 있는 시계탑 덕분이죠. 시계탑은 마을 곳곳에서 볼 수 있으니까요. 우리는 어디로 가든 항상 시간을 볼 수 있어요."

"그렇군요, 그래서 문제없이 운행할 수 있었던 거네요."

"네. 전 시계탑을 관리하는 프리츠 씨의 실력을 누구보다 믿고 있지요. 제가 살면서 시계탑 시간이 조금이라도 틀린 걸 단 한 번도 본 적이 없었으니까요! 그렇게 낡은 시계를 매일 조금도 틀림없이 조정할 수 있는 건 프리츠 씨뿐일 겁니다."

"프리츠 씨는 마루 밑의 권력자시군요."

"프리츠 씨는 회중시계를 항상 지니고 있어요. 그 시계를 보고 항상 시계탑이 틀리지 않았는지 확인하는 걸 거예요, 분명."

409

"**조**금만 더 가까이 가면…."

당신은 천천히 이동해서 두 사람에게 접근했다. 점점 목소리가 늘리기 시작했다.

"만약 이 실험이 성공한다면…."

갑자기 두 사람이 대화를 멈췄고 당신은 몸이 뻣뻣하게 굳었다.

"거기 누구야?"

405
406
407
408
409

당신이 숨어 있던 수풀을 향해 군인이 말했다. 당신의 아주 작은 기척을 알아
챈 것이었다.

다 틀렸어…!

군인은 품에서 권총을 꺼내 수풀을 향해서 마구 쐈다.

당신은 등에 몇 발의 총알을 맞고 쓰러졌다.

GAME OVER

410 ↪ 322

"**오**늘은 조금 바쁜 것 같군요."

"네. 오늘 아침에는 물건이 조금 많이 들어왔어요. 그래도 이제 곧 정리될 것
같아요."

셰리는 이마에 맺힌 땀을 닦아낸 뒤 하늘을 쳐다보며 대답했다.

"오늘 밤도 아름다운 달이 뜰 것 같아요. 우후후."

"천체에 관심이 있나요?"

"네. 천체관측이 취미예요. 밤에 달의 언덕에 누워 밤하늘을 올려 보면 엄청
멋있거든요."

411 ↪ 185

"**여**기 있다! 이거였어…."

당신은 주변 땅을 파헤쳐 드디어 석판을 찾아냈다. 석판에는 무녀의 문장이
새겨져 있었다.

"이 내용을 해석하면…, 늑대인간의 특징을 알 수 있을 거야!"

당신은 석판에 붙어 있는 흙을 털어내고 새겨진 문자를 읽어 내려갔다.

"… 검은 선이 열을 이루고 붉은 빛이 비치는 장소…, 그 아래에 늑대인간의
단서가 있다."

412 ↪ 277

"**오**늘 신문의 광고란에 특이한 게 실렸어요. 이상한 도형에 M.P라는 이니셜
이 있더군요."

"이니셜이 M.P라고요? 어디서 들어본 적 있는 거 같은데···. 후~"

"미셸도 이니셜이 M.P잖아요. 짐작 가는 건 없나요?"

"아···, 미셸 피스코···. 진짜네. 짐작이라뇨? 나는 신문 구독을 안 하니까 지금 처음 들은 걸요"

"그래요? 그럼 누구지. 신문사에 물어봐도 어차피 알려주지 않을 텐데."

"근데 그게 어쨌다는 거죠?"

"아닙니다. 수상쩍은 도형이어서 조금 신경쓰인 것뿐이에요."

"흐음···. 수상하다는 거죠? 상관 있을지는 모르겠지만, 오늘 아침에 약간 수상한 사람을 봤어요. 하아···."

"수상한 사람?"

"네, 가두 마차에 함께 탔었던 거친 남자 말이에요. 파스칼이 운행하던 마차였으니까 그에게 물어보는 게 어떨까요? 후~"

413 ↩ 286

지도에는 1877이라고 적혀있다. 왠지 15년 전에 만들어진 지도 같아 보였다. 하수로는 마을 전체에 깔려 있었다.

"메르그 호수에서 이어지는 작은 강···, 요위 거리 근처에 하수로로 이어지는 통로 입구가 있는 것 같은데."

【단서 i에 '하수로 지도', 지시 번호 i에 15라고 기입】

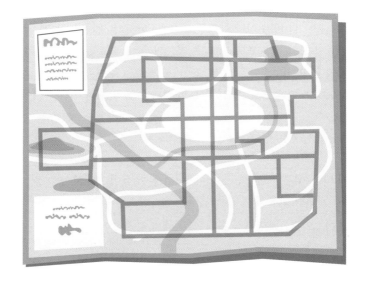

414 ↱ 70

"**그**건 그렇고…, 오늘 신문에 '갇힌 사과'라는 보석을 도둑맞았다는 기사가 있던데, 어떤 보석인가요?"

"'갇힌 사과'는 아주 희귀한 보석이야. 2중 구조로 되어 있어서 보석 안에 종류가 다른 보석이 한 가지 더 들어있거든. 안에 들어있는 보석은 구조적으로 감정할 순 없지만 신비로운 힘이 깃들어있다고 하지."

"신비로운 힘?"

"맞아. 그래도 뭐…. 코냑이라는 남자는 보석을 보는 눈이 없으니까. 그 괴도가 어떤 녀석인지는 몰라도, 계속 코냑이 갖고 있었다면 내가 훔칠까 생각하던 참이었다고. 하하하하…."

415 ↱ 376

당신은 캐비닛을 열었다. 나무 망치나 펜치 같은 공구가 뒤죽박죽 섞여 있었다. 특별히 이상한 점은 없는 것 같았다.

416 ↱ 140

"**저**… 이 회중시계가 요새 종종 늦어지는 것 같아요. 고쳐주실 수 있나요?"

"응? 회중시계? 당신, 요즘 같은 세상에 보기 드문 걸 갖고 있구만."

"네? 평범한 회중시계인데요."

"그게 아니라, 이 마을 사람은 아무도 회중시계 같은 걸 안 쓰니까 말이야. 그걸 쓰는 건 시계탑을 관리하는 프리츠 정도거든. 그러고 보니, 더 보기 드문 걸 자리 박사가 갖고 있었지. 그건 그렇고. 다음에 고쳐 주면 안될까?"

제임스가 미소 띤 얼굴로 대답하고는 바쁘다는 듯 말고삐 수리를 이어갔다.

417 ↱ 81

"**그**래 맞아. 내가 바로 괴도88이다. 어디 한번 붙어 보자고 명탐정!"

"더 이상 물러날 곳은 없다. 괴도88. 포기해라!"

"포기하라고? 웃기지도 않는군. 이대로 내가 붙잡힐 것 같은가?"

"창문도 없는 이 방에서 어떻게 도망칠 셈이지? 자신만만하군."

"흥, 그나저나 늑대인간은 찾은 건가? 어젯밤 함께 했던 모험은 엄청 스릴있고 즐거웠지."

"늑대인간의 정체는 아직 알 수 없지만…, 꼭 찾아낼 거야"

"그런 괴물을 그냥 두면 안 된다고!"

괴도는 진지한 눈빛으로 말했다.

"그리고 안심해. 니모 촌장은 살아있으니까. 문을 열 수 있는 암호를 알려주지. 암호는 '날개여 펼쳐져라'. 이 7글자다."

"촌장님을 어떻게 한 거야!"

"그건 언젠가 알게 되겠지…. 잘 들어 명탐정. 내가 하고 싶은 말은 단 한가지뿐이야. 명심하라고."

괴도는 이불을 당신에게 던졌다.

"공작을 있어야 할 장소로 돌려놔! 또 언젠가 만나도록 하지, 명탐정!"

"약삭빠른 놈 같으니!"

잠시 시야가 가려졌지만, 금방 밝아졌다. 하지만 괴도의 모습은 어디에서도 찾을 수 없었다.

"이런 멍청이 같으니! 그 녀석은 마술을 쓸 수 있었어!"

방 출입구는 당신 뒤로 나있었다. 나갈 수 있는 방법은 없다. 당신은 넋을 잃고 말았다.

그때 가만히 귀를 기울이니 침대 밑에서 희미하게 소리가 들렸다.

→ 82로

418 ↩ 297

당신은 프런트를 벗어나 고양이 방으로 발을 옮겼다. 그때 마침 마리 크미스가 방에서 나와 문에 열쇠를 잠그던 참이었다.

"아, 마리 씨 어디 가시나봐요?"

"탐정님이군요, 안녕하세요. 오늘은 메르그 호수에 가보려고요! 오늘 신문에 요정 목격담이 실리기도 해서."

마리는 한 손에 마을 가이드북을 들고 있었다.

"저는 이 마을이 마음에 쏙 들어요! 다들 좋은 사람이고, 멋진 시계탑과 아름

414
415
416
417
418

다운 경치를 볼 수 있는 언덕도 있으니까요! 그런데…."

마리의 얼굴이 어두워졌다.

"무서운 사건이 마음에 좀 걸리네요…. 탐정님. 제가 도울 수 있는 일이 있으면 말씀해 주세요! 적극적으로 도와드릴게요!"

➡ 가이드북을 보여달라고 한다. → 56으로

➡ 최근에 마음에 걸리는 일이 무엇인지 묻는다. → 425로

419 ↪ 245

차고 한 구석에는 박사가 실험에 사용하는 기구나 거대한 코일과 같은 발명품이 가득 차 있었다. 아니나 다를까 우조 소프터는 없었고, 장비가 있었을 거라 여겨지는 장소가 텅 비어 있을 뿐이었다.

당신은 차고 문 뒤쪽에 떨어져 있는 모자 하나를 발견했다. 챙이 넓은 검은 중절모였다.

"이건 괴도의 모자야. 역시 그 녀석이 우조 소프터를 빼앗아서 달아난 거야."

420

"보석 장식과 골동품 책…, 분명 거기에…."

하지만 아무리 생각해도 도움 될만한 정보는 떠오르지 않았다.

"무엇보다, 그런 책이 도서관에 있었던가?"

늑대인간은 소름 끼치는 소리로 포효하며 당신에게 달려들었다. 날카로운 발톱이 한치의 망설임도 없이 당신 머리 위를 덮쳤다. 눈앞에는 빨간 장막이 내려왔고, 피를 덮어쓴 괴물 웃음소리가 점점 멀어질 뿐이었다.

GAME OVER

421 ↪ 102

안치소 문에는 열쇠가 잠겨 있었다. 어제와 같은 번호로 열어보려 했지만 열리지 않는다. 어쩐지 번호가 바뀐 것 같았다.

"**셰**리 씨는 자주 예배하러 오시는 군요."

"네. 아까 전까지 파타피 씨도 있었어요."

"예? 보석상 파타피 진 말입니까?"

그 무뚝뚝한 파타피 씨가 교회에서 기도를 하다니, 당신은 도저히 상상할 수 없었다.

"그리 보여도 신앙심이 깊은 사람이에요. 그는 신화를 매우 잘 알고 있어서 저에게 신이나 거인이 활약했던 이야기를 해줘요. 파타피 씨는 이야기를 맛깔나게 해줘서 무척 재미있어요. 우후후후."

"그렇군요…. 의외네요."

목차에는 많은 꽃 이름이 실려 있었다.

"어떤 꽃의 꽃말을 알아볼까?"

➡ 프리뮬러 → 328로

➡ 장미 → 237로

➡ 라넌큘러스 → 383으로

➡ 단서 X에 관해서 수사한다. → 423 + 지시 번호 X

"**저** 그러니까~ 저는 어제 있었던 살인 사건을 수사하고 있는 탐정입니다."

프리츠는 아무런 대답도 하지 않았다.

"저…, 당신이 이 시계탑을 40년 이상 관리했다는 게 진짜인가요?"

"그게 어쨌다는 거지?" 무뚝뚝한 장인은 미간을 찌푸리며 대답했다.

"대단한데요. 언제부터 하신 거죠?"

"17살 때부터였지."

"그럼 그 이후로 이 시계탑은 멈추지 않고 계속 마을을 지키고 있었겠군요."

"결국 희생자가 나왔구나…."

당신의 이야기를 듣는 둥 마는 둥, 프리츠는 오늘자 신문을 읽으며 중얼거렸다.

"당신이 탐정이라면 관광을 할 게 아니라 빨리 사건을 해결하는 게 어떤가?"

419
420
421
422
423
424

425 ↵ 418

"**마**리 씨는 매일 관광하러 가시는 군요."

"네. 다양한 장소에 가보는 건 엄청 재미있는 일인 것 같아요! 2층에 있는 남자는 항상 표정이 심각해 보이던데, 여행자에게는 어디서나 볼 수 있는 따분한 마을인 걸까요?"

426 ↵ 300

문을 열자 호텔 여주인인 마고 페리(24 페이지 참조)가 금세 이쪽으로 시선을 돌렸다. 마고는 이 호텔을 혼자서 운영하는 듬직한 여성이다. 여성은 장부를 펼친 상태로 주판을 놓고 있었는데, 당신이 들어온 걸 알아채고는 금세 미소로 맞이했다.

"어서오세요! 혼자인가요?"

"안녕하세요. 저는 사설 탐정입니다."

"아, 그 사건을 수사하고 있는 건가 보네? 정말이지…, 말도 안 되는 일이 일어났지 뭐야!"

"현장 골목은 평소에 사람이 잘 다니지 않는 곳인가요?"

"맞아. 나도 쓰레기를 내놓으려고 일주일에 두 번 정도 나갈 뿐인걸. 학자는 11시쯤 발견된 것 같던데, 살해 당한 게 몇 시인지는 모르는 거야? 나는 계속 이 호텔에 있었는데도 이상한 소리 같은 건 못 들었거든."

➡ 숙박부를 보여달라고 한다. → 145로

427

"**거**기 서!"

당신은 검은 그림자를 향해 소리치고는 맹렬한 기세로 달려갔다. 하지만 당신 팔은 허공을 가를 뿐이었다.

"어디야…!"

이미 검은 그림자는 어둠 속으로 흩어져, 아무리 눈을 부릅뜨고 찾아봐도 보이지 않았다.

"이런! 공작이…."

당신은 황급히 본부의 텐트로 돌아갔다. 하지만 그곳에는 열쇠가 열린 채 텅 비어버린 금고만 놓여 있을 뿐이었다. 보란 듯이 마을의 보물을 도둑맞은 탐정에게 협조하겠다는 사람은 없었고, 사건은 미궁 속으로 빠지고 말았다.

GAME OVER

428 ↪ 423

당신은 모과 꽃말을 조사했다.

"어디 보자, 26페이지, 모과 꽃의 꽃말은 "요정의 빛"이라…. 그리고 보니, 오늘 신문에 목격담이 실렸던 것 같은데."

【단서 Y에 '요정의 빛', 지시 번호 Y에 26이라고 기입】

429 ↪ 259

"이걸 받아라!"

선수필승. 당신은 늑대인간을 향해 칼을 던졌다. 늑대인간은 잽싸게 몸을 날려 칼을 피했지만 디딜 곳이 좁은 탓에 자세가 무너졌다. 그 순간 괴도88은 맹렬한 기세로 지붕에서 뛰어 내린 다음, 늑대인간에게 강렬한 공격을 퍼부었다. 시계탑에서 거꾸로 추락하고 마는 늑대인간.

하지만 늑대인간은 공중제비를 해서 근처 민가 지붕 위에 착지했다. 그리고는 굉장한 속도로 숲 속으로 사라져 갔다. 긴장의 끈이 풀리자 당신은 멍하니 서있을 뿐이었다. 괴도는 종루로 올라가 종을 걸어두는 지주에 걸려 축 늘어진 프리츠를 끌어 안고는 당신을 향해 소리쳤다.

"뭘 하고 있는 거야! 어서 사람을 불러!"

정신을 찾은 당신은 사다리를 타고 내려와서 시계탑을 빠져 나온 뒤 근처 병원으로 달려갔다.

의사를 데리고 시계탑으로 돌아오자 프리츠 키르쉬는 문에 기댄 자세로 누워 있었다. 당신은 의사와 함께 프리츠를 병원으로 옮겼지만 끝내 그의 의식이 돌아오지는 않았다.

【단서 d에 '수염 변장', 지시 번호 d에 33이라고 기입】
【중요한 기록란 16에 '괴도는 수염으로 변장한 인물'이라고 기입】

425
426
427
428
429

리얼 탈출북 vol ❶

늑대인간 마을에서 탈출

2018.07.16. 발행 | 16,500원 | 지도, 용의자리스트, 수사시트 포함

이 마을에서는 사람으로 변장한 늑대가 밤마다 마을 사람들을 습격한다고 한다. 대대로 전해진 의문의 전설, 모호한 목격 증언, 알 수 없는 퍼즐들. 당신은 이 책에 감춰진 모든 수수께끼를 풀고, 늑대인간을 밝혀내어 엔딩 스토리에 도착할 수 있을 것인가?

리얼 탈출북 vol ❷

쌍둥이섬에서 탈출

2019.07.20. 발행 | 20,000원 | 2권 구성, 지도, 기록시트, 책갈피 포함

어딘가의 바다 위에 홀연히 떠 있는 두 개의 작은 섬, 쌍둥이섬!

섬에 표류한 소년과 사명을 짊어진 소녀가 각자 섬에서 탈출하고자 한다. 하지만, 두 사람 앞을 가로막은 것은 다양한 퍼즐과 암호…

당신은 두 사람을 무사히 섬에서 탈출시킬 수 있을 것인가?

리얼 탈출북 vol ❸

10인의 우울한 용의자

2020.12.10. 발행 | 20,000원 | 수사시트, 기억시트, 지도, 해답시트, 오리는 아이템 포함

문득 정신을 차리니 흔들의자에 앉아 있는 시체가 당신을 응시하고 있다.

그러나, 당신은 아무 것도 기억나지 않는다!

음산한 저택, 수상한 인물들, 뜻을 알 수 없는 퍼즐…

당신은 이 책에 숨겨진 모든 수수께끼를 풀고 이야기의 엔딩을 맞이할 수 있을 것인가?

JINROU MURA KARA NO DASSHUTSU
OOKAMI WO MITSUKENAITO KOROSARERU

Copyright ©2012 SCRAP and Koji Shikano
Originally published in Japan in 2012 by RITTOR MUSIC, INC., Tokyo
Korean translation rights arranged with RITTOR MUSIC, INC. through Shinwon Agency Co.,
Seoul Korean translation rights ©2018 by iCox

늑대인간마을에서탈출

초판 1쇄 발행 2018년 07월 16일
초판 6쇄 발행 2024년 03월 15일

지은이	SCRAP
옮긴이	김홍기
펴낸이	한준희
펴낸곳	(주)아이콕스
디자인	이지선
영업	김남권, 조용훈, 문성빈
영업지원	김효선, 이정민

iCox
LET'S PLAY BOOKS

주소	경기도 부천시 조마루로385번길 122 삼보테크노타워 2002호
홈페이지	www.icoxpublish.com
쇼핑몰	www.baek2.kr (백두도서쇼핑몰)
이메일	icoxpub@naver.com
전화	032-674-5685
팩스	032-676-5685
등록	2015년 7월 9일 제 386-251002015000034호
ISBN	979-11-86886-75-5